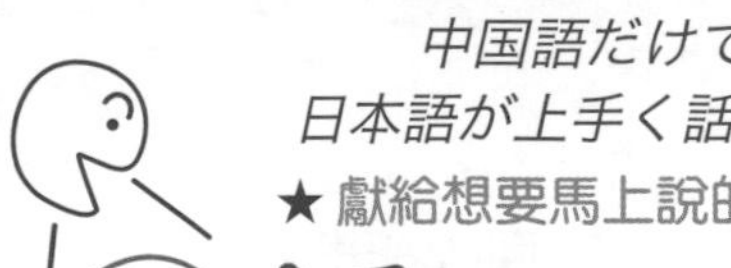

中国語だけで
日本語が上手く話せる

★獻給想要馬上說的您★

新 溜日本話 中文就行啦

山田玲奈・賴美勝◎合著

★只要中文就能說日語

旅遊、日常會話 一次搞定!!

1MP3 朗讀版

山田社日文教材策劃組監修

前言

「這本帶到日本，真的很好用！」

「裡面挑選的句子和單字，都是去日本玩會用到的。」

「MP3裡的老師發音很漂亮，多聽，

到日本溝通完全不是問題！」

感謝各位讀者對「溜日本話中文就行啦」的大力好評！

為了回饋讀者，繼一般的25開本後，我們推出第2彈「好翻、好用、好攜帶」的隨身攜帶本。不僅如此，內容原汁原味，價格更平易近人。無論是出遊日本、想開口溜日語、想和日本人交朋友，看這本準沒錯！

你知道嗎？日語50音是從中文演變而來的！

也就是說，用中文照樣也可以溜「日本話」啦！

相信各位讀者都知道，外型看起來隨性圓滑的平假名，是從中文的草書變化來的，而方方正正的片假名，是從有稜有角的楷書演變而來。

但是，您可能不知道，日語在發音上，有很多跟中文也很接近喔！例如：來自草書「安」的平假名「あ」，發音跟注音「ㄢ」很接近；來自楷書

「宇」的片假名「ウ」，發音跟注音「ㄩ」很像喔。

原來，日本人在借用中文字的時候，不僅是外形，就連發音，也都保留了中文的特色！也就是說，只要用中文來拼日語發音，然後多聽、多說，一樣可以把日語說得嚇嚇叫！

《攜帶本 新 溜日本話中文就行啦》有6個好㊣、6大保㊣的理由，讓您非買不可：

㊣ 中文拼音搶先唸

㊣ 羅馬拼音好貼心

㊣ 精挑細選日本人常用句型

㊣ 生活、旅遊必遇場景通通有

㊣ 替換單字真好用

㊣ 實用生活例句，任您趴趴走

《攜帶本 新 溜日本話中文就行啦》徹底活用初級會話必備的句型，再從這些句型延伸出去來表達各種意思，活用在各種場合。可以輕易激發您的語言潛力，不知不覺脫口說日語！用中文這樣說日語，想不溜都很難！

目錄

目錄

目錄

目錄

Note

第一章
假名與發音

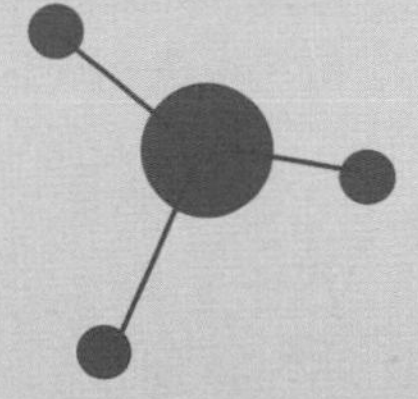

假名就是中國字

告訴你，其實日本文字「假名」就是中國字呢！為什麼？我來說明一下。日本文字假名有兩種，一個叫平假名，一個是叫片假名。平假名是來自中國漢字的草書，請看下面：

安→あ

以→い

衣→え

平假名「あ」是借用國字「安」的草書；「い」是借用國字「以」的草書；而「え」是借用國字「衣」的草書。雖然，草書草了一點，但是只要多看幾眼，就能知道是哪個字，也就可以記住平假名囉！

片假名是由國字楷書的部首，演變而成的。如果說片假名是國字身體的一部份，可是一點也不為過的！請看：

宇→ウ

江→エ

於→オ

T-2

「ウ」是「宇」上半部的身體，「エ」是「江」右邊的身體，「オ」是「於」左邊的身體。片假名就是簡單吧！

清音

日語假名共有七十個，分為清音、濁音、半濁音和撥音四種。

平假名清音表（五十音圖）				
あ a	い i	う u	え e	お o
か ka	き ki	く ku	け ke	こ ko
さ sa	し shi	す su	せ se	そ so
た ta	ち chi	つ tsu	て te	と to
な na	に ni	ぬ nu	ね ne	の no
は ha	ひ hi	ふ fu	へ he	ほ ho
ま ma	み mi	む mu	め me	も mo
や ya		ゆ yu		よ yo
ら ra	り ri	る ru	れ re	ろ ro
わ wa				を o
				ん n

片假名清音表（五十音圖）

ア a	イ i	ウ u	エ e	オ o
カ ka	キ ki	ク ku	ケ ke	コ ko
サ sa	シ shi	ス su	セ se	ソ so
タ ta	チ chi	ツ tsu	テ te	ト to
ナ na	ニ ni	ヌ nu	ネ ne	ノ no
ハ ha	ヒ hi	フ fu	ヘ he	ホ ho
マ ma	ミ mi	ム mu	メ me	モ mo
ヤ ya		ユ yu		ヨ yo
ラ ra	リ ri	ル ru	レ re	ロ ro
ワ wa				ヲ o
				ン n

濁音

日語發音有清音跟濁音。例如，か[ka]和が[ga]、た[ta]和だ[da]、は[ha]和ば[ba]等的不同。不同在什麼地方呢？不同在前者發音時，聲帶不振動；相反地，後者就要振動聲帶了。

濁音一共有二十個假名，但實際上不同的發音只有十八種。濁音的寫 法是，在濁音假名右肩上打兩點。

濁音表				
が ga	ぎ gi	ぐ gu	げ ge	ご go
ざ za	じ ji	ず zu	ぜ ze	ぞ zo
だ da	ぢ ji	づ zu	で de	ど do
ば ba	び bi	ぶ bu	べ be	ぼ bo

半濁音

介於「清音」和「濁音」之間的是「半濁音」。因為，它既不能完全歸入「清音」，也不屬於「濁音」，所以只好讓它「半清半濁」了。半濁音的寫法是，在濁音假名右肩上打上一個小圈。

半濁音表				
ぱ pa	ぴ pi	ぷ pu	ぺ pe	ぽ po

第二章

寒暄一下

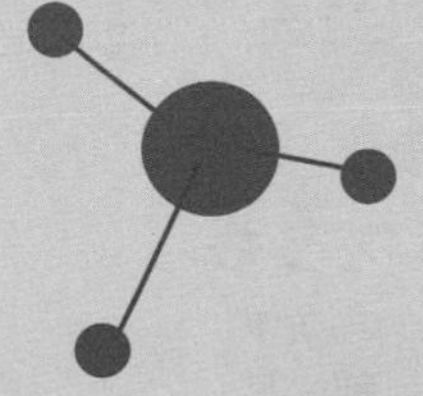

1 你好

T-5

早安。

おはようございます。

ohayoo gozaimasu

歐哈悠～ 勾雜伊媽酥

你好。

こんにちは。

konnichiwa

寇恩尼七哇

你好（晚上見面時用）。

こんばんは。

konbanwa

寇恩拔恩哇

晚安（睡前用）。

おやすみなさい。

oyasuminasai

歐呀酥咪那沙伊

謝謝。

どうも。

doomo

都～某

2 再見

T-6

再見

さようなら。

sayoonara

沙悠～那拉

先走一步了。

失礼(しつれい)します。

shitsuree shimasu

西豬累～ 西嫣酥

那麼（再見）。

それでは。

soredewa

搜累爹哇

再見（Bye Bye）。

バイバイ。

baibai

拔伊拔伊

再見（Bye囉！）。

じゃあね。

jaane

甲～內

③ 回答

T-7

是。

はい。

hai

哈伊

對，沒錯。

はい、そうです。

hai, soo desu

哈伊, 搜～ 爹酥

知道了（一般）。

わかりました。

wakarimashita

哇卡里媽西它

知道了（較鄭重）。

かしこまりました。

kashikomarimashita

卡西寇媽里媽西它

知道了（鄭重）。

承知(しょうち)しました。

shoochi shimashita

休～七 西媽西它

4 謝謝

謝謝。

ありがとうございました。

arigatoo gozaimashita

阿里嘎豆～ 勾雜伊媽西它

謝謝。

どうも。

doomo

都～某

不好意思。

すみません。

sumimasen

酥咪媽誰恩

您真親切，謝謝。

ご親切（しんせつ）にどうもありがとう。

goshinsetsu ni doomo arigatoo

勾西恩誰豬 尼 都～某 阿里嘎豆～

謝謝照顧。

お世話（せわ）になりました。

osewa ni narimashita

歐誰哇 尼 那里媽西它

5 不客氣啦

不客氣。

いいえ。

iie

伊～耶

不客氣。

どういたしまして。

doo itashimashite

都～ 伊它西媽西貼

不要緊。

大丈夫（だいじょうぶ）ですよ。

daijoobu desuyo

答伊久～布 爹酥悠

我才要感謝你呢。

こちらこそ。

kochira koso

寇七拉 寇搜

不要在意。

気（き）にしないで。

ki ni shinaide

克伊 尼 西那伊爹

6 對不起

對不起。

すみません。

sumimasen

酥咪媽誰恩

失禮了。

失礼(しつれい)しました。

shitsuree shimashita

西豬累～ 西媽西它

對不起。

ごめんなさい。

gomennasai

勾妹恩那沙伊

非常抱歉。

申(もう)し訳(わけ)ありません。

mooshiwake arimasen

某～西哇克耶 阿里媽誰恩

給您添麻煩了。

ご迷惑(めいわく)をおかけしました。

gomeewaku o okake shimashita

勾妹～哇枯 歐 歐卡克耶 西媽西它

7 借問一下

不好意思。

すみません。

sumimasen

酥咪媽誰恩

可以耽誤一下嗎？

ちょっといいですか。

chotto ii desuka

秋へ豆 伊～ 爹酥卡

打擾一下。

ちょっとすみません。

chotto sumimasen

秋へ豆 酥咪媽誰恩

請問一下。

ちょっとうかがいますが。

chotto ukagaimasuga

秋へ豆 烏卡嘎伊媽酥嘎

有關旅行的事。

旅行（りょこう）のことですが。

ryokoo no koto desuga

溜寇～ 諾 寇豆 爹酥嘎

8 這是什麼

T-12

現在幾點？

今は何時ですか。

ima wa nanji desuka

伊媽 哇 那恩基 爹酥卡

這是什麼？

これは何ですか。

kore wa nan desuka

寇累 哇 那恩 爹酥卡

這裡是哪裡？

ここはどこですか。

koko wa doko desuka

寇寇 哇 都寇 爹酥卡

那是怎麼樣的書？

それはどんな本ですか。

sore wa donna hon desuka

搜累 哇 都恩那 后恩 爹酥卡

河川名叫什麼？

なんていう川ですか。

nante iu kawa desuka

那恩貼 伊烏 卡哇 爹酥卡

Note 我常用的寒暄句

中文　　　　日文

第三章

基本句型

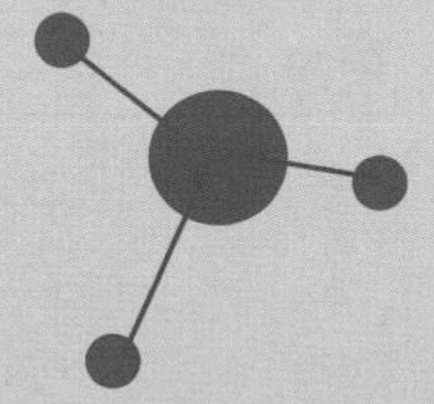

1 ～です。

T-13

（我、他、她、它）是＿＿。

名詞＋です。
desu
爹酥

我是田中。
田中（たなか）です。
tanaka desu
它那卡 爹酥

我是學生。
学生（がくせい）です。
gakusee desu
嘎枯誰～ 爹酥

替換看看

林	李	山田	鈴木
林（リン）	李（リー）	山田（やまだ）	鈴木（すずき）
rin	rii	yamada	suzuki
里恩	里～	呀媽答	酥茲克伊

書	日本人	腳踏車	工作
本（ほん）	日本人（にほんじん）	自転車（じてんしゃ）	仕事（しごと）
hon	nihonjin	jitensha	shigoto
后恩	尼后恩基恩	基貼恩蝦	西勾豆

2 ～です。

T-14

是______。

數量＋です。
desu
爹酥

500日圓。

ごひゃくえん
500円です。
gohyakuen desu
勾喝呀枯耶恩　爹酥

20美金。

にじゅう
20ドルです。
nijuudoru desu
尼啾～都魯　爹酥

替換看看

一千日圓	一萬日圓	一個	一張
せんえん 千円	いちまんえん 一万円	ひと 一つ	いちまい 一枚
senen	ichimanen	hitotsu	ichimai
誰恩耶恩	伊七媽恩耶恩	喝伊豆豬	伊七媽伊

一杯	兩支	一堆	12個
いっぱい 一杯	にほん 二本	ひとやま 一山	じゅうにこ 12 個
ippai	nihon	hitoyama	juuniko
伊︿趴伊	尼后恩	喝伊豆呀媽	啾～尼寇

基本句型

③ ～です。 T-15

是很＿＿＿。

形容詞＋です。
desu
爹酥

很高。

高(たか)いです。
takai desu
它卡伊 爹酥

很冷。

寒(さむ)いです。
samui desu
沙母伊 爹酥

替換看看

好吃	冰冷	困難	危險
おいしい	冷(つめ)たい	難(むずか)しい	危(あぶ)ない
oishii	tsumetai	muzukashii	abunai
歐伊西～	豬妹它伊	母茲卡西～	阿布那伊

快樂	年輕	黑暗	快速
楽(たの)しい	若(わか)い	暗(くら)い	速(はや)い
tanoshii	wakai	kurai	hayai
它諾西～	哇卡伊	枯拉伊	哈呀伊

4 ～は～です。

T-16

□是□。

名詞＋は＋名詞＋です。
wa desu
哇 爹酥

我是學生。

私(わたし)は学生(がくせい)です。
watashi wa gakusee desu
哇它西 哇 嘎枯誰～ 爹酥

這是麵包。

これはパンです。
kore wa pan desu
寇累 哇 趴恩 爹酥

替換看看

父親 老師	姊姊 模特兒	哥哥 上班族
父(ちち)／先生(せんせい)	姉(あね)／モデル	兄(あに)／サラリーマン
chichi sensee	ane moderu	ani sarariiman
七七 誰恩誰～	阿內 某爹魯	阿尼 沙拉里～媽恩

他 美國人	那是 大象	那是 椅子
彼(かれ)／アメリカ人(じん)	あれ／象(ぞう)	それ／いす
kare amerikajin	are zoo	sore isu
卡累 阿妹里卡基恩	阿累 宙～	搜累 伊酥

基本句型

5 ～の～です。

T-17

＿＿＿的＿＿＿。

名詞＋の＋名詞＋です。

no　desu

諾　爹酥

我的包包。

私（わたし）のかばんです。

watashi no kaban desu

哇它西 諾 卡拔恩 爹酥

日本車。

日本（にほん）の車（くるま）です。

nihon no kuruma desu

尼后恩 諾 枯魯媽 爹酥

替換看看

妹妹 雨傘	姊姊 手帕	老師 書
妹（いもうと）／傘（かさ）	姉（あね）／ハンカチ	先生（せんせい）／本（ほん）
imooto kasa	ane hankachi	sensee hon
伊某~豆 卡沙	阿內 哈恩卡七	誰恩誰~ 后恩
老公 電腦	義大利 鞋子	法國 麵包
主人（しゅじん）／パソコン	イタリア／靴（くつ）	フランス／パン
shujin pasokon	itaria kutsu	furansu pan
咻基恩 趴搜寇恩	伊它里阿 枯豬	夫拉恩酥 趴恩

6 ～ですか。

T-18

是　　　嗎？

名詞＋ですか。
desuka
爹酥卡

是日本人嗎？

日本人（にほんじん）ですか。
nihonjin desuka
尼后恩基恩 爹酥卡

哪一位？

どなたですか。
donata desuka
都那它 爹酥卡

替換看看

台灣人	中國人	美國人	泰國人
台湾人（タイワンじん）	中国人（ちゅうごくじん）	アメリカ人（じん）	タイ人（じん）
taiwanjin	chuugokujin	amerikajin	taijin
它伊哇恩基恩	七烏~勾枯基恩	阿妹里卡基恩	它伊基恩

英國人	義大利人	韓國人	印度人
イギリス人（じん）	イタリア人（じん）	韓国人（かんこくじん）	インド人（じん）
igirisujin	itariajin	kankokujin	indojin
伊哥伊里酥基恩	伊它里阿基恩	卡恩寇枯基恩	伊恩都基恩

基本句型

7 ～は～ですか。

T-19

___是___嗎？

名詞＋は＋名詞＋ですか。

wa desuka

哇 爹酥卡

那是廁所嗎？

トイレはあれですか。

toire wa are desuka

豆伊累 哇 阿累 爹酥卡

這裡是車站嗎？

駅(えき)はここですか。

eki wa koko desuka

耶克伊 哇 寇寇 爹酥卡

替換看看

出口 那裡	國籍 哪裡	籍貫，畢業 哪裡
出口(でぐち)／あそこ	国(くに)／どこ	ご出身(しゅっしん)／どちら
deguchi asoko	kuni doko	goshusshin dochira
爹估七 阿搜寇	枯尼 都寇	勾咻へ西恩 都七拉

寺廟 那裡	開關 那個	緊急出入口 這裡
お寺(てら)／そこ	スイッチ／あれ	非常口(ひじょうぐち)／ここ
otera soko	suicchi are	hijooguchi koko
歐貼拉 搜寇	酥伊へ七 阿累	喝伊久～估七 寇寇

8 ～は～ですか。

T-20

嗎？

名詞＋は＋形容詞＋ですか。
wa　desuka
哇　爹酥卡

這裡痛嗎？

ここは痛（いた）いですか。

koko wa itai desuka

寇寇 哇 伊它伊 爹酥卡

車站遠嗎？

駅（えき）は遠（とお）いですか。

eki wa tooi desuka

耶克伊 哇 豆～伊 爹酥卡

替換看看

北海道 寒冷	老師 年輕	這個 好吃
北海道（ほっかいどう）／寒（さむ）い	先生（せんせい）／若（わか）い	これ／おいしい
hokkaidoo samui	sensee wakai	kore oishii
后へ卡伊都~ 沙母伊	誰恩誰~ 哇卡伊	寇累 歐伊西~

價錢 貴	房間 整潔	皮包 耐用
値段（ねだん）／高（たか）い	部屋（へや）／きれい	かばん／丈夫（じょうぶ）
nedan takai	heya kiree	kaban joobu
内答恩 它卡伊	黑呀 克伊累~	卡拔恩 久~布

基本句型

～ではありません。

不是 ______ 。

名詞＋ではありません。
dewa arimasen
爹哇 阿里媽誰恩

不是義大利人。
イタリア人（じん）ではありません。
itariajin dewa arimasen
伊它里阿基恩 爹哇 阿里媽誰恩

不是字典。
辞書（じしょ）ではありません。
jisho dewa arimasen
基休 爹哇 阿里媽誰恩

替換看看

河川	派出所	公車	紅茶
川（かわ）	交番（こうばん）	バス	紅茶（こうちゃ）
kawa	kooban	basu	koocha
卡哇	寇～拔恩	拔酥	寇～洽

煙灰缸	冰箱	電話	狗
灰皿（はいざら）	冷蔵庫（れいぞうこ）	電話（でんわ）	犬（いぬ）
haizara	reezooko	denwa	inu
哈伊雜拉	累～宙～寇	爹恩哇	伊奴

 ～ですね。

T-22

＿＿＿＿喔！

形容詞＋ですね。
desune
爹酥內

好熱喔！

暑（あつ）いですね。
atsui desune
阿豬伊 爹酥內

好冷喔！

寒（さむ）いですね。
samui desune
沙母伊 爹酥內

替換看看

甜的	苦的	有趣的	古老的
甘（あま）い	苦（にが）い	面白（おもしろ）い	古（ふる）い
amai	nigai	omoshiroi	furui
阿媽伊	尼嘎伊	歐某西落伊	夫魯伊
新的	安全	耐用	方便
新（あたら）しい	安全（あんぜん）	丈夫（じょうぶ）	便利（べんり）
atarashii	anzen	joobu	benri
阿它拉西～	阿恩瑞恩	久～布	貝恩里

11 ～ですね。

＿＿＿＿喔！

形容詞＋名詞＋ですね。
desune
爹酥内

好漂亮的人喔！

きれいな人（ひと）ですね。
kiree na hito desune
克伊累～ 那 喝伊豆 爹酥内

好棒的建築物喔！

素敵（すてき）な建物（たてもの）ですね。
suteki na tatemono desune
酥貼克伊 那 它貼某諾 爹酥内

替換看看

好的 天氣	難的 問題	重的 行李
いい／天気（てんき）	難（むずか）しい／問題（もんだい）	重（おも）い／荷物（にもつ）
ii tenki	muzukashii mondai	omoi nimotsu
伊～ 貼恩克伊	母茲卡西～ 某恩答伊	歐某伊 尼某豬

好的 位子	有趣的 比賽	好吃的 店
いい／席（せき）	面白（おもしろ）い／試合（しあい）	おいしい／店（みせ）
ii seki	omoshiroi shiai	oishii mise
伊～ 誰克伊	歐某西落伊 西阿伊	歐伊西～ 咪誰

12 ～でしょう。

______吧！

名詞＋でしょう。
deshoo
爹休～

是晴天吧！

晴(は)れでしょう。
hare deshoo
哈累 爹休～

是陰天吧！

曇(くも)りでしょう。
kumori deshoo
枯某里 爹休～

替換看看

雨	雪	風	颱風
雨(あめ)	雪(ゆき)	風(かぜ)	台風(たいふう)
ame	yuki	kaze	taifuu
阿妹	尤克伊	卡瑞	它伊夫～
打雷	星期五	今晚	兩個
雷(かみなり)	金曜日(きんようび)	今晩(こんばん)	二(ふた)つ
kaminari	kinyoobi	konban	futatsu
卡咪那里	克伊恩悠～逼	寇恩拔恩	夫它豬

基本句型

13 ～ます。

　　　　。

名詞＋ます。
masu
媽酥

吃飯。

ご飯（はん）を食（た）べます。
gohan o tabemasu
勾哈恩 歐 它貝媽酥

抽煙。

タバコを吸（す）います。
tabako o suimasu
它拔寇 歐 酥伊媽酥

替換看看

聽音樂	在天空飛	學日語
音楽（おんがく）を聞（き）き	空（そら）を飛（と）び	日本語（にほんご）を勉強（べんきょう）し
ongaku o kiki	sora o tobi	nihongo o benkyooshi
歐恩嘎枯 歐 克伊克伊	搜拉 歐 豆逼	尼后恩勾 歐 貝恩卡悠~西
說英語	拍照	開花
英語（えいご）を話（はな）し	写真（しゃしん）を撮（と）り	花（はな）が咲（さ）き
eego o hanashi	shashin o tori	hana ga saki
耶~勾 歐 哈那西	蝦西恩 歐 豆里	哈那 嘎 沙克伊

14 ～から来(き)ました。

從 ＿＿＿ 來。

名詞＋から来(き)ました。
kara kimasita
卡拉 克伊媽西它

從台灣來。

台湾(タイワン)から来(き)ました。
taiwan kara kimashita
它伊哇恩 卡拉 克伊媽西它

從美國來。

アメリカから来(き)ました。
amerika kara kimashita
阿妹里卡 卡拉 克伊媽西它

替換看看

中國	英國	法國	印度
中国(ちゅうごく)	イギリス	フランス	インド
chuugoku	igirisu	furansu	indo
七烏~勾枯	伊哥伊里酥	夫拉恩酥	伊恩都
越南	德國	義大利	加拿大
ベトナム	ドイツ	イタリア	カナダ
betonamu	doitsu	itaria	kanada
貝豆那母	都伊豬	伊它里阿	卡那答

15 ～ましょう。

＿＿＿吧！

名詞＋ましょう。
mashoo
媽休～

打電動玩具吧！

ゲームをしましょう。
geemu o shimashoo
給～母 歐 西媽休～

來看電影吧！

映画(えいが)を見(み)ましょう。
eega o mimashoo
耶～嘎 歐 咪媽休～

替換看看

下象棋	打撲克牌	打網球
将棋(しょうぎ)をし	トランプをし	テニスをし
shoogi o shi	toranpu o shi	tenisu o shi
休～哥伊 歐 西	豆拉恩撲 歐 西	貼尼酥 歐 西

去買東西	唱歌	跑到公園
買(か)い物(もの)に行(い)き	歌(うた)を歌(うた)い	公園(こうえん)まで走(はし)り
kaimono ni iki	uta o utai	kooen made hashiri
卡伊某諾 尼 伊克伊	烏它 歐 烏它伊	寇~耶恩 媽爹 哈西里

16 ～をください。

T-28

給我＿＿＿。

名詞＋をください。
o kudasai
歐 枯答沙伊

請給我牛肉。

ビーフをください。
biifu o kudasai
逼～夫 歐 枯答沙伊

給我這個。

これをください。
kore o kudasai
寇累 歐 枯答沙伊

替換看看

地圖	雜誌	雨傘	毛衣
地図（ちず）	雑誌（ざっし）	傘（かさ）	セーター
chizu	zasshi	kasa	seetaa
七茲	雜ㄟ西	卡沙	誰～它～
咖啡	葡萄酒	壽司	拉麵
コーヒー	ワイン	寿司（すし）	ラーメン
koohii	wain	sushi	raamen
寇～喝伊～	哇伊恩	酥西	拉～妹恩

基本句型

17 ～ください。

給我＿＿＿。

數量＋ください。
kudasai
枯答沙伊

給我一個。

一(ひと)つください。
hitotsu kudasai
喝伊豆豬 枯答沙伊

給我一堆。

一山(ひとやま)ください。
hitoyama kudasai
喝伊豆呀媽 枯答沙伊

替換看看

一支	兩張	三本	一個
一本(いっぽん)	二枚(にまい)	三冊(さんさつ)	一個(いっこ)
ippon	nimai	sansatsu	ikko
伊へ剖恩	尼媽伊	沙恩沙豬	伊へ寇

一人份	一箱	一袋	一盒
一人前(いちにんまえ)	一箱(ひとはこ)	一袋(ひとふくろ)	ワンパック
ichininmae	hitohako	hitofukuro	wanpakku
伊七尼恩媽耶	喝伊豆哈寇	喝伊豆夫枯落	哇恩趴へ枯

18 ～を～ください。

給我＿＿＿。

名詞＋を＋數量＋ください。
o kudasai
歐 枯答沙伊

給我一個披薩。

ピザを一つ（ひと）ください。
piza o hitotsu kudasai
披雜 歐 喝伊豆豬 枯答沙伊

給我兩張票。

切符（きっぷ）を２枚（にまい）ください。
kippu o nimai kudasai
克伊ㄟ撲 歐 尼媽伊 枯答沙伊

替換看看

一杯 啤酒	兩個 水餃	兩條 毛巾
ビール／一杯（いっぱい）	ギョーザ／ふたつ	タオル／二枚（にまい）
biiru ippai	gyooza futatsu	taoru nimai
逼～魯 伊ㄟ趴伊	克悠～雜 夫它豬	它歐魯 尼媽伊
兩人份 生魚片	一串 香蕉	一條 香煙
刺身（さしみ）／二人前（ににんまえ）	バナナ／一房（ひとふさ）	タバコ/ワンカートン
sashimi nininmae	banana hitofusa	tabako wankaaton
沙西咪 尼尼恩媽耶	拔那那 喝伊豆夫沙	它拔寇 哇恩卡～豆恩

基本句型

19 ～ください。

T-31

給我＿＿＿。

動詞＋ください。
kudasai
枯答沙伊

拿給我看一下。

見(み)せてください。
misete kudasai
咪誰貼 枯答沙伊

請告訴我。

教(おし)えてください。
oshiete kudasai
歐西耶貼 枯答沙伊

替換看看

等一下	叫一下	喝	寫
待(ま)って	呼(よ)んで	飲(の)んで	書(か)いて
matte	yonde	nonde	kaite
媽ㄟ貼	悠恩爹	諾恩爹	卡伊貼

借過一下	開	借看一下	說
通(とお)して	開(あ)けて	見(み)せて	言(い)って
tooshite	akete	misete	itte
豆～西貼	阿克耶貼	咪誰貼	伊ㄟ貼

 ～を～ください。 T-32

請＿＿＿。

名詞＋を（で…）＋動詞＋ください。
o (de) kudasai
歐（爹） 枯答沙伊

請換房間。

部屋(へや)を変(か)えてください。
heya o kaete kudasai
黑呀 歐 卡耶貼 枯答沙伊

請叫警察。

警察(けいさつ)を呼(よ)んでください。
keesatsu o yonde kudasai
克耶～沙豬 歐 悠恩爹 枯答沙伊

替換看看

打掃 房間	說明 這個	脫 外套
部屋(へや)を／掃除(そうじ)して	これを／説明(せつめい)して	コートを／脱(ぬ)いで
heya o soojishite	kore o setsumeeshite	kooto o nuide
黑呀 歐 搜～基西貼	寇累 歐 誰豬妹～西貼	寇～豆 歐 奴伊爹

向右 轉	用漢字 寫	在那裡 停車
右(みぎ)に／曲(ま)がって	漢字(かんじ)で／書(か)いて	そこで／止(と)まって
migi ni magatte	kanji de kaite	soko de tomatte
咪哥伊 尼 媽嘎ヘ貼	卡恩基 爹 卡伊貼	搜寇 爹 豆媽ヘ貼

21 ～ください。

T-33

請＿＿＿。

形容詞＋動詞＋ください。
kudasai
枯答沙伊

請趕快起床。

早(はや)く起(お)きてください。
hayaku okite kudasai
哈呀枯 歐克伊貼 枯答沙伊

請打掃乾淨。

きれいに掃除(そうじ)してください。
kiree ni soojishite kudasai
克伊累～ 尼 搜～基西貼 枯答沙伊

替換看看

簡單 說明	切 小塊	縮短 長度
やさしく／説明(せつめい)して	小(ちい)さく／切(き)って	短(みじか)く／つめて
yasashiku setsumeeshite	chiisaku kitte	mijikaku tsumete
呀沙西枯 誰豬妹～西貼	七～沙枯 克伊ㄟ貼	咪基卡枯 豬妹貼
賣 便宜	當一位 偉大的人	安靜 走路
安(やす)く／売(う)って	立派(りっぱ)に／なって	静(しず)かに／歩(ある)いて
yasuku utte	rippa ni natte	shizuka ni aruite
呀酥枯 烏ㄟ貼	里ㄟ趴 尼 那ㄟ貼	西茲卡 尼 阿魯伊貼

22 ～してください。

請弄＿＿＿。

形容詞＋してください。

shite kudasai

西貼 枯答沙伊

請算便宜一點。

やす
安くしてください。

yasuku shite kudasai

呀酥枯 西貼 枯答沙伊

請快一點。

はや
早くしてください。

hayaku shite kudasai

哈呀枯 西貼 枯答沙伊

替換看看

亮	大	暖和	短
あか 明るく	おお 大きく	あたた 暖かく	みじか 短く
akaruku	ookiku	atatakaku	mijikaku
阿卡魯枯	歐～克伊枯	阿它它卡枯	咪基卡枯

可愛	涼	乾淨	安靜
かわいく	すず 涼しく	きれいに	しず 静かに
kawaiku	suzushiku	kiree ni	shizuka ni
卡哇伊枯	酥茲西枯	克伊累～ 尼	西茲卡 尼

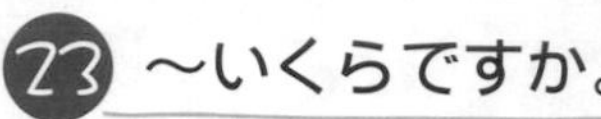

23 ～いくらですか。

______ 多少錢？

名詞＋いくらですか。
ikura desuka
伊枯拉 爹酥卡

這個多少錢？

これ、いくらですか。
kore ikura desuka
寇累 伊枯拉 爹酥卡

大人要多少錢？

大人（おとな）、いくらですか。
otona ikura desuka
歐豆那 伊枯拉 爹酥卡

替換看看

帽子	絲巾	唱片	領帶
帽子（ぼうし）	スカーフ	レコード	ネクタイ
booshi	sukaafu	rekoodo	nekutai
剝～西	酥卡～夫	累寇～都	内枯它伊

耳環	戒指	太陽眼鏡	比基尼
イヤリング	指輪（ゆびわ）	サングラス	ビキニ
iyaringu	yubiwa	sangurasu	bikini
伊呀里恩估	尤逼哇	沙恩估拉酥	逼克伊尼

24 ～いくらですか。

多少錢？

數量＋いくらですか。
ikura desuka
伊枯拉　爹酥卡

一個多少錢？

一つ（ひと）、いくらですか。
hitotsu ikura desuka
喝伊豆豬　伊枯拉　爹酥卡

一個小時多少錢？

一時間（いちじかん）、いくらですか。
ichijikan ikura desuka
伊七基卡恩　伊枯拉　爹酥卡

替換看看

一套	一隻	一袋	一台
一着（いっちゃく）	一匹（いっぴき）	一袋（ひとふくろ）	一台（いちだい）
icchaku	ippiki	hitofukuro	ichidai
伊へ洽枯	伊へ披克伊	喝伊豆夫枯落	伊七答伊
一束（一把）	一雙	一套	一盒
一束（ひとたば）	一足（いっそく）	ワンセット	ワンパック
hitotaba	issoku	wansetto	wanpakku
喝伊豆它拔	伊へ搜枯	哇恩誰へ豆	哇恩趴へ枯

基本句型

25 ～いくらですか。

＿＿＿ 多少錢？

名詞＋數量＋いくらですか。
ikura desuka
伊枯拉 爹酥卡

這個一個多少錢？

これ、一(ひと)ついくらですか。
kore, hitotsu ikura desuka
寇累 喝伊豆豬 伊枯拉 爹酥卡

生魚片一人份多少錢？

刺身(さしみ)、一人前(いちにんまえ)いくらですか。
sashimi, ichininmae ikura desuka
沙西咪 伊七尼恩媽耶 伊枯拉 爹酥卡

替換看看

鞋 一雙	蛋 一盒	手套 一雙
くつ／一足(いっそく)	たまご／ワンパック	手袋(てぶくろ)／一組(ひとくみ)
kutsu issoku	tamago wanpakku	tebukuro hitokumi
枯豬 伊へ搜枯	它媽勾 哇恩趴へ枯	貼布枯落 喝伊豆枯咪
(洋)蔥 一把	狗 一隻	相機 一台
ねぎ／一束(ひとたば)	犬(いぬ)／一匹(いっぴき)	カメラ／一台(いちだい)
negi hitotaba	inu ippiki	kamera ichidai
內哥伊 喝伊豆它拔	伊奴 伊へ披克伊	卡妹拉 伊七答伊

26 ～はありますか。

有＿＿＿嗎？

名詞＋はありますか。
wa arimasuka
哇 阿里媽酥卡

有報紙嗎？
新聞（しんぶん）はありますか。
shinbun wa arimasuka
西恩布恩 哇 阿里媽酥卡

有位子嗎？
席（せき）はありますか。
seki wa arimasuka
誰克伊 哇 阿里媽酥卡

替換看看

電視	冰箱	傳真	健身房
テレビ	冷蔵庫（れいぞうこ）	ファックス	ジム
terebi	reezooko	fakkusu	jimu
貼累逼	累～宙～寇	發へ枯酥	基母

保險箱	游泳池	熨斗	衛星節目
金庫（きんこ）	プール	アイロン	衛星放送（えいせいほうそう）
kinko	puuru	airon	eeseehoosoo
克伊恩寇	撲～魯	阿伊落恩	耶～誰～后～搜～

基本句型

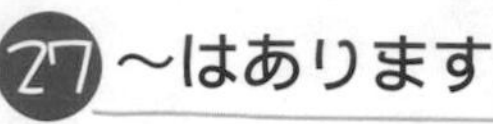

27 ～はありますか。

有＿＿＿嗎？

場所＋はありますか。

wa arimasuka

哇 阿里媽酥卡

有郵局嗎？

郵便局(ゆうびんきょく)はありますか。

yuubinkyoku wa arimasuka

尤～逼恩卡悠枯 哇 阿里媽酥卡

有大衆澡堂嗎？

銭湯(せんとう)はありますか。

sentoo wa arimasuka

誰恩豆～ 哇 阿里媽酥卡

替換看看

電影院	公園	庭園	美術館
映画館(えいがかん)	公園(こうえん)	庭園(ていえん)	美術館(びじゅつかん)
eegakan	kooen	teeen	bijutsukan
耶～嘎卡恩	寇～耶恩	貼～耶恩	逼啾豬卡恩

滑雪場	飯店	民宿	旅館
スキー場(じょう)	ホテル	民宿(みんしゅく)	旅館(りょかん)
sukiijoo	hoteru	minshuku	ryokan
酥克伊～久～	后貼魯	咪恩咻枯	溜卡恩

28 ～はありますか。

有　　　嗎？

形容詞＋名詞＋はありますか。
wa arimasuka
哇　阿里媽酥卡

有便宜的位子嗎？
安(やす)い席(せき)はありますか。
yasui seki wa arimasuka
呀酥伊　誰克伊　哇　阿里媽酥卡

有紅色的裙子嗎？
赤(あか)いスカートはありますか。
akai sukaato wa arimasuka
阿卡伊　酥卡～豆　哇　阿里媽酥卡

替換看看

大的　房間	便宜的　旅館	古老的　神社
大(おお)きい／部屋(へや)	安(やす)い／旅館(りょかん)	古(ふる)い／神社(じんじゃ)
ookii heya	yasui ryokan	furui jinja
歐~克伊~　黑呀	呀酥伊　溜卡恩	夫魯伊　基恩甲

黑色　高跟鞋	白色　連身裙	可愛　內衣
黒(くろ)い／ハイヒール	白(しろ)い／ワンピース	かわいい／下着(したぎ)
kuroi haihiiru	shiroi wanpiisu	kawaii shitagi
枯落伊　哈伊喝伊~魯	西落伊　哇恩披~酥	卡哇伊~　西它哥伊

～はどこですか。

在哪裡？

場所＋はどこですか。
wa doko desuka
哇 都寇 爹酥卡

廁所在哪裡？

トイレはどこですか。
toire wa doko desuka
豆伊累 哇 都寇 爹酥卡

便利商店在哪裡？

コンビニはどこですか。
konbini wa doko desuka
寇恩逼尼 哇 都寇 爹酥卡

替換看看

百貨	超市	水族館	名產店
デパート	スーパー	水族館（すいぞくかん）	土産物屋（みやげものや）
depaato	suupaa	suizokukan	miyagemonoya
爹趴～豆	酥～趴～	酥伊宙枯卡恩	咪呀給某諾呀
棒球場	劇場	遊樂園	美容院
野球場（やきゅうじょう）	劇場（げきじょう）	遊園地（ゆうえんち）	美容院（びよういん）
yakyuujoo	gekijoo	yuuenchi	biyooin
呀卡伊烏～久～	給克伊久～	尤～耶恩七	逼悠～伊恩

30 ～を お願（ねが）いします。

麻煩　　　。

名詞＋をお願（ねが）いします。
o onegai shimasu
歐 歐内嘎伊 西媽酥

麻煩給我行李。

荷物（にもつ）をお願（ねが）いします。
nimotsu o onegai shimasu
尼某豬 歐 歐内嘎伊 西媽酥

麻煩結帳。

お勘定（かんじょう）をお願（ねが）いします。
okanjoo o onegai shimasu
歐卡恩久～ 歐 歐内嘎伊 西媽酥

替換看看

洗衣	點菜	兌幣	客房服務
洗濯物（せんたくもの）	注文（ちゅうもん）	両替（りょうがえ）	ルームサービス
sentakumono	chuumon	ryoogae	ruumusaabisu
誰恩它枯某諾	七烏～某恩	溜～嘎耶	魯～母沙～逼酥

住宿登記	收據	一張	預約
チェックイン	領収書（りょうしゅうしょ）	一枚（いちまい）	予約（よやく）
chekkuin	ryooshuusho	ichimai	yoyaku
切ㄟ枯伊恩	溜～咻～休	伊七媽伊	悠呀枯

基本句型

31 ～でお願(ねが)いします。

麻煩用＿＿。

名詞＋でお願(ねが)いします。

de onegai shimasu

爹 歐內嘎伊 西媽酥

麻煩空運。

航空便(こうくうびん)でお願(ねが)いします。

kookuubin de onegai shimasu

寇～枯～逼恩 爹 歐內嘎伊 西媽酥

我要用信用卡付款。

カードでお願(ねが)いします。

kaado de onegai shimasu

卡～都 爹 歐內嘎伊 西媽酥

替換看看

海運	限時	掛號	包裹
船便(ふなびん)	速達(そくたつ)	書留(かきとめ)	小包(こづつみ)
funabin	sokutatsu	kakitome	kozutsumi
夫那逼恩	搜枯它豬	卡克伊豆妹	寇茲豬咪

一次付清	分開計算	飯前	飯後
一括(いっかつ)	別々(べつべつ)	食前(しょくぜん)	食後(しょくご)
ikkatsu	betsubetsu	shokuzen	shokugo
伊︿卡豬	貝豬貝豬	休枯瑞恩	休枯勾

32 ～までお願(ねが)いします。

麻煩載我到＿＿＿＿。

場所＋までお願(ねが)いします。
made onegai shimasu
媽爹 歐內嘎伊 西媽酥

請到車站。

駅(えき)までお願(ねが)いします。
eki made onegai shimasu
耶克伊 媽爹 歐內嘎伊 西媽酥

請到飯店。

ホテルまでお願(ねが)いします。
hoteru made onegai shimasu
后貼魯 媽爹 歐內嘎伊 西媽酥

替換看看

郵局	銀行	區公所	公園
郵便局(ゆうびんきょく)	銀行(ぎんこう)	区役所(くやくしょ)	公園(こうえん)
yuubinkyoku	ginkoo	kuyakusho	kooen
尤~逼恩卡悠枯	哥伊恩寇~	枯呀枯休	寇~耶恩

圖書館	電影院	百貨公司	這裡
図書館(としょかん)	映画館(えいがかん)	デパート	ここ
toshokan	eegakan	depaato	koko
豆休卡恩	耶~嘎卡恩	爹趴~豆	寇寇

33 ～お願(ねが)いします。

請給我＿＿＿。

名詞＋數量＋お願(ねが)いします。
onegai shimasu
歐內嘎伊 西媽酥

請給我成人票一張。
大人一枚(おとないちまい)お願(ねが)いします。
otona ichimai onegai shimasu
歐豆那 伊七媽伊 歐內嘎伊 西媽酥

請給我一瓶啤酒。
ビール一本(いっぽん)お願(ねが)いします。
biiru ippon onegai shimasu
逼～魯 伊ㄟ剖恩 歐內嘎伊 西媽酥

替換看看

玫瑰 兩朵	筆記 三本	魚 兩條
バラ／二本(にほん)	ノート／三冊(さんさつ)	魚(さかな)／二匹(にひき)
bara nihon	nooto sansatsu	sakana nihiki
拔拉 尼后恩	諾～豆 沙恩沙豬	沙卡那 尼喝伊 克伊
襯衫 一件	套裝 一套	相機 一台
シャツ／一枚(いちまい)	スーツ／一着(いっちゃく)	カメラ／一台(いちだい)
shatsu ichimai	suutsu icchaku	kamera ichidai
蝦豬 伊七媽伊	酥～豬 伊ㄟ洽枯	卡妹拉 伊七答伊

34 ～はどうですか。

如何？

名詞＋はどうですか。
wa doo desuka
哇 都～ 爹酥卡

烤肉如何？

焼肉（やきにく）はどうですか。
yakiniku wa doo desuka
呀克伊尼枯 哇 都～ 爹酥卡

旅行怎麼樣？

旅行（りょこう）はどうですか。
ryokoo wa doo desuka
溜寇～ 哇 都～ 爹酥卡

替換看看

領帶	電車	計程車	夏威夷
ネクタイ	電車（でんしゃ）	タクシー	ハワイ
nekutai	densha	takushii	hawai
內枯它伊	爹恩蝦	它枯西～	哈哇伊
壽司	關東煮	星期天	天氣
寿司（すし）	おでん	日曜日（にちようび）	天気（てんき）
sushi	oden	nichiyoobi	tenki
酥西	歐爹恩	尼七悠～逼	貼恩克伊

35 ～の～はどうですか。

如何？

時間＋の＋名詞＋はどうですか。
no wa doo desuka
諾 哇 都～ 爹酥卡

今年的運勢如何？
今年(ことし)の運勢(うんせい)はどうですか。
kotoshi no unsee wa doo desuka
寇豆西 諾 烏恩誰～ 哇 都～ 爹酥卡

昨天的考試如何？
昨日(きのう)の試験(しけん)はどうですか。
kinoo no shiken wa doo desuka
克伊諾～ 諾 西克耶恩 哇 都～ 爹酥卡

替換看看

今天　天氣	昨天　音樂會	星期天　考試
今日(きょう)／天気(てんき)	昨日(きのう)／音楽会(おんがくかい)	日曜日(にちようび)／試験(しけん)
kyoo tenki	kinoo ongakukai	nichiyoobi shiken
卡悠～ 貼恩克伊	克伊諾～ 歐恩嘎枯卡伊	尼七悠～逼 西克耶恩
昨晚　菜	上個月　旅行	星期六　比賽
昨晩(さくばん)／料理(りょうり)	先月(せんげつ)／旅行(りょこう)	土曜日(どようび)／試合(しあい)
sakuban ryoori	sengetsu ryokoo	doyoobi shiai
沙枯拔恩 溜～里	誰恩給豬 溜寇～	都悠～逼 西阿伊

36 ～がいいです。

T-48

我要______。

名詞＋がいいです。
ga ii desu
嘎 伊～ 爹酥

我要咖啡。

コーヒーがいいです。
koohii ga ii desu
寇～喝伊～ 嘎 伊～ 爹酥

我要天婦羅。

てんぷらがいいです。
tenpura ga ii desu
貼恩撲拉 嘎 伊～ 爹酥

替換看看

這個	那個	那個	蕃茄
これ kore 寇累	それ sore 搜累	あれ are 阿累	トマト tomato 豆媽豆
西瓜	拉麵	烏龍麵	果汁
スイカ suika 酥伊卡	ラーメン raamen 拉～妹恩	うどん udon 烏都恩	ジュース juusu 啾～酥

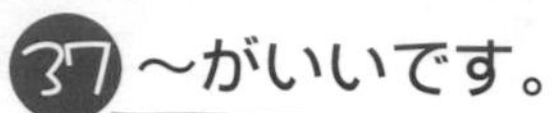

我要　　　。

形容詞＋がいいです。
ga ii desu
嘎 伊～ 爹酥

我要大的。
大(おお)きいのがいいです。
ookii noga ii desu
歐～克伊～ 諾嘎 伊～ 爹酥

我要便宜的。
安(やす)いのがいいです。
yasui noga ii desu
呀酥伊 諾嘎 伊～ 爹酥

替換看看

小的	藍的	黑的	短的
小(ちい)さいの	青(あお)いの	黒(くろ)いの	短(みじか)いの
chiisai no	aoi no	kuroi no	mijikai no
七～沙伊 諾	阿歐伊 諾	枯落伊 諾	咪基卡伊 諾
冰涼的	耐用的	普通的	熱鬧的
冷(つめ)たいの	丈夫(じょうぶ)なの	普通(ふつう)なの	賑(にぎ)やかなの
tsumetai no	joobu nano	futsu nano	nigiyaka nano
豬妹它伊 諾	久～布 那諾	夫豬～ 那諾	尼哥伊呀卡 那諾

38 ～もいいですか。

可以　　　嗎？

動詞＋もいいですか。
mo ii desuka
某 伊～ 爹酥卡

可以喝嗎？

飲（の）んでもいいですか。
nondemo ii desuka
諾恩爹某 伊～ 爹酥卡

可以試穿嗎？

試着（しちゃく）してもいいですか。
shichaku shitemo ii desuka
西洽枯 西貼某 伊～ 爹酥卡

替換看看

吃	坐	摸	聽（問）
食（た）べて	座（すわ）って	触（さわ）って	聞（き）いて
tabete	suwatte	sawatte	kiite
它貝貼	酥哇～貼	沙哇～貼	克伊～貼
看	休息	唱	用
見（み）て	休（やす）んで	歌（うた）って	使（つか）って
mite	yasunde	utatte	tsukatte
咪貼	呀酥恩爹	烏它～貼	豬卡～貼

基本句型

39 ～もいいですか。

T-51

可以　　　嗎？

名詞（を…）＋動詞＋もいいですか。
o　　　mo ii desuka
歐　　　某 伊～ 爹酥卡

可以抽煙嗎？

タバコを吸(す)ってもいいですか。
tabako o suttemo ii desuka
它拔寇 歐 酥ㄟ貼某 伊～ 爹酥卡

可以坐這裡嗎？

ここに座(すわ)ってもいいですか。
koko ni suwattemo ii desuka
寇寇 尼 酥哇ㄟ貼某 伊～ 爹酥卡

替換看看

相照	歌唱	鋼琴彈
写真(しゃしん)を／撮(と)って	歌(うた)を／歌(うた)って	ピアノを／弾(ひ)いて
shashin o totte	uta o utatte	piano o hiite
蝦西恩 歐 豆ㄟ貼	烏它 歐 烏它ㄟ貼	披阿諾 歐 喝伊～貼
在這裡寫	啤酒喝	鞋子脫
ここに／書(か)いて	ビールを／飲(の)んで	靴(くつ)を／脱(ぬ)いで
koko ni kaite	biiru o nonde	kutsu o nuide
寇寇 尼 卡伊貼	逼～魯 歐 諾恩爹	枯豬 歐 奴伊爹

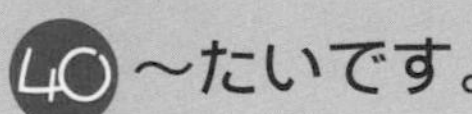

40 ～たいです。

想______。

動詞＋たいです。
tai desu
它伊 爹酥

想吃。

食(た)べたいです。
tabetai desu
它貝它伊 爹酥

想聽。

聞(き)きたいです。
kikitai desu
克伊 克伊它伊 爹酥

替換看看

玩	走	游泳	買
遊(あそ)び	歩(ある)き	泳(およ)ぎ	買(か)い
asobi	aruki	oyogi	kai
阿搜逼	阿魯克伊	歐悠哥伊	卡伊
回家	飛	說	搭乘
帰(かえ)り	飛(と)び	話(はな)し	乗(の)り
kaeri	tobi	hanashi	nori
卡耶里	豆逼	哈那西	諾里

41 ～たいです。

T-53

我想到　　　。

場所＋まで、行(い)きたいです。

made,ikitai desu

媽爹, 伊克伊它伊　爹酥

想到澀谷。

渋谷駅(しぶやえき)まで行(い)きたいです。

shibuyaeki made ikitai desu

西布呀耶克伊　媽爹　伊克伊它伊　爹酥

想到成田機場。

成田空港(なりたくうこう)まで行(い)きたいです。

naritakuukoo made ikitai desu

那里它枯～寇～　媽爹　伊克伊它伊　爹酥

替換看看

新宿	原宿	青山	恵比壽
新宿(しんじゅく)	原宿(はらじゅく)	青山(あおやま)	恵比寿(えびす)
shinjuku	harajuku	aoyama	ebisu
西恩啾枯	哈拉啾枯	阿歐呀媽	耶逼酥

池袋	橫濱	鎌倉	伊豆
池袋(いけぶくろ)	横浜(よこはま)	鎌倉(かまくら)	伊豆(いず)
ikebukuro	yokohama	kamakura	izu
伊克耶布枯落	悠寇哈媽	卡媽枯拉	伊茲

42 ～たいです。

T-54

想 ______ 。

名詞（を…）＋動詞＋たいです。
o　　tai desu
歐　　它伊 爹酥

想泡溫泉。

温泉（おんせん）に入（はい）りたいです。
onsen ni hairi tai desu
歐恩誰恩 尼 哈伊里 它伊 爹酥

想預約房間。

部屋（へや）を予約（よやく）したいです。
heya o yoyaku shitai desu
黑呀 歐 悠呀枯 西它伊 爹酥

替換看看

電影　看	高爾夫球　打	煙火　看
映画（えいが）を／見（み）	ゴルフを／し	花火（はなび）を／見（み）
eega o mi	gorufu o shi	hanabi o mi
耶~嘎 歐 咪	勾魯夫 歐 西	哈那逼 歐 咪
料理　吃	演唱會　聽	卡拉OK　去唱
料理（りょうり）を／食（た）べ	コンサートに／行（い）き	カラオケに／行（い）き
ryoori o tabe	konsaato ni iki	karaoke ni iki
溜~里 歐 它貝	寇恩沙~豆 尼 伊克伊	卡拉歐克耶 尼 伊克伊

基本句型

43 ～を探（さが）しています。

我要找＿＿＿。

名詞＋を探（さが）しています。
o sagashite imasu
歐 沙嘎西貼 伊媽酥

我要找裙子。

スカートを探（さが）しています。
sukaato o sagashite imasu
酥卡～豆 歐 沙嘎西貼 伊媽酥

我要找雨傘。

傘（かさ）を探（さが）しています。
kasa o sagashite imasu
卡沙 歐 沙嘎西貼 伊媽酥

替換看看

褲子	休閒鞋	手帕	洗髮精
ズボン	スニーカー	ハンカチ	シャンプー
zubon	suniikaa	hankachi	shanpuu
茲剝恩	酥尼~卡~	哈恩卡七	蝦恩撲~
領帶	唱片	皮帶	圍巾
ネクタイ	レコード	ベルト	マフラー
nekutai	rekoodo	beruto	mafuraa
内枯它伊	累寇~都	貝魯豆	媽夫拉~

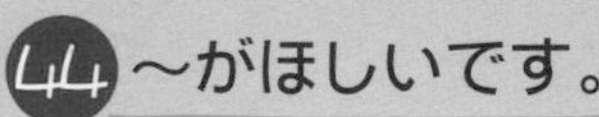

44 ～がほしいです。

我要　　　。

名詞＋がほしいです。
ga hoshii desu
嘎 后西～ 爹酥

想要鞋子。

靴（くつ）がほしいです。
kutsu ga hoshii desu
枯豬 嘎 后西～ 爹酥

想要香水。

香水（こうすい）がほしいです。
koosui ga hoshii desu
寇～酥伊 嘎 后西～ 爹酥

替換看看

錄音帶	錄影機	底片	收音機
テープ	ビデオカメラ	フィルム	ラジオ
teepu	bideokamera	fuirumu	rajio
貼～撲	逼爹歐卡妹拉	夫伊魯母	拉基歐

襪子	手帕	字典	筆記本
靴下（くつした）	ハンカチ	辞書（じしょ）	ノート
kutsushita	hankachi	jisho	nooto
枯豬西它	哈恩卡七	基休	諾～豆

45 ～が上手(じょうず)です。

很會＿＿＿。

名詞＋が上手(じょうず)です。
ga joozu desu
嘎 久～茲 爹酥

很會唱歌。
歌(うた)が上手(じょうず)です。
uta ga joozu desu
烏它 嘎 久～茲 爹酥

很會打網球。
テニスが上手(じょうず)です。
tenisu ga joozu desu
貼尼酥 嘎 久～茲 爹酥

替換看看

作菜	游泳	打籃球	打棒球
料理(りょうり)	水泳(すいえい)	バスケットボール	野球(やきゅう)
ryoori	suiee	basukettobooru	yakyuu
溜～里	酥伊耶～	拔酥克耶へ豆剝～魯	呀卡伊烏～

打桌球	講英語	講日語	講中文
ピンポン	英語(えいご)	日本語(にほんご)	中国語(ちゅうごくご)
pinpon	eego	nihongo	chuugokugo
披恩剖恩	耶～勾	尼后恩勾	七烏～勾枯勾

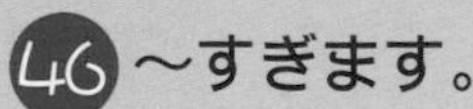

46 ～すぎます。

T-58

太　　　　　。

形容詞＋すぎます。
sugimasu
酥哥伊媽酥

太貴。

高(たか)すぎます。
taka sugimasu
它卡 酥哥伊媽酥

太大

大(おお)きすぎます。
ooki sugimasu
歐～克伊 酥哥伊媽酥

替換看看

低	小	快	難
低(ひく)	小(ちい)さ	速(はや)	難(むずか)し
hiku	chiisa	haya	muzukashi
喝伊枯	七～沙	哈呀	母茲卡西
重	輕	厚	薄
重(おも)	軽(かる)	厚(あつ)	薄(うす)
omo	karu	atsu	usu
歐某	卡魯	阿豬	烏酥

基本句型

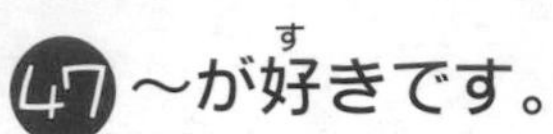

47 ～が好(す)きです。

喜歡 ＿＿＿ 。

名詞＋が好(す)きです。

ga suki desu

嘎 酥克伊 爹酥

喜歡漫畫。

マンガが好(す)きです。

manga ga suki desu

媽恩嘎 嘎 酥克伊 爹酥

喜歡電玩。

ゲームが好(す)きです。

geemu ga suki desu

給～母 嘎 酥克伊 爹酥

替換看看

網球	棒球	足球	釣魚
テニス	野球(やきゅう)	サッカー	つり
tenisu	yakyuu	sakkaa	tsuri
貼尼酥	呀卡伊烏～	沙ㄟ卡～	豬里

高爾夫	兜風	爬山	游泳
ゴルフ	ドライブ	登山(とざん)	水泳(すいえい)
gorufu	doraibu	tozan	suiee
勾魯夫	都拉伊布	豆雜恩	酥伊耶～

48 ～に興味(きょうみ)があります。

對 ____ 感興趣。

名詞＋に興味(きょうみ)があります。
ni kyoomi ga arimasu
尼 卡悠～咪 嘎 阿里媽酥

對音樂有興趣。

音楽(おんがく)に興味(きょうみ)があります。
ongaku ni kyoomi ga arimasu
歐恩嘎枯 尼 卡悠～咪 嘎 阿里媽酥

對漫畫有興趣。

マンガに興味(きょうみ)があります。
manga ni kyoomi ga arimasu
媽恩嘎 尼 卡悠～咪 嘎 阿里媽酥

替換看看

歷史	政治	經濟	小說
歴史(れきし)	政治(せいじ)	経済(けいざい)	小説(しょうせつ)
rekishi	seeji	keezai	shoosetsu
累克伊西	誰～基	克耶～雜伊	休～誰豬
電影	藝術	花道	茶道
映画(えいが)	芸術(げいじゅつ)	華道(かどう)	茶道(さどう)
eega	geejutsu	kadoo	sadoo
耶～嘎	給～啾豬	卡都～	沙都～

49 ～で～があります。 T-61

□有□。

場所＋で＋慶典＋があります。
de ga arimasu
爹 嘎 阿里媽酥

淺草有慶典。

浅草でお祭があります。（あさくさ／まつり）
asakusa de omatsuri ga arimasu
阿沙枯沙 爹 歐媽豬里 嘎 阿里媽酥

札幌有雪祭。

札幌で雪祭りがあります。（さっぽろ／ゆきまつ）
sapporo de yukimatsuri ga arimasu
沙ㄟ剖落 爹 尤克伊媽豬里 嘎 阿里媽酥

替換看看

秋田 竿燈祭	青森 驅魔祭	仙台 七夕祭
秋田／竿灯祭（あきた／かんとうまつり）	青森／ねぶた祭（あおもり／まつり）	仙台 七夕祭（せんだい／たなばたまつり）
akita kantoomatsuri	aomori nebuta	sendai tanabatamatsuri
阿克伊它 卡恩豆~媽豬里	阿歐某里 內布它	誰恩答伊 它那拔它媽豬里
東京 三社祭	德島 阿波舞祭	京都 祇園祭
東京／三社祭（とうきょう／さんじゃまつり）	徳島／阿波踊り（とくしま／あわおど）	京都／祇園祭（きょうと／ぎおんまつり）
tookyoo sanjamatsuri	tokushima awaodori	kyooto gionmatsuri
豆~卡悠~ 沙恩甲媽豬里	豆枯西媽 阿哇歐都里	卡悠~豆 哥伊歐恩媽豬里

50 ～が痛(いた)いです。

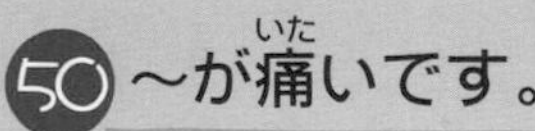

＿＿＿痛。

身體＋が痛(いた)いです。

ga itai desu

嘎 伊它伊 爹酥

頭痛。

頭(あたま)が痛(いた)いです。

atama ga itai desu

阿它媽 嘎 伊它伊 爹酥

腳痛。

足(あし)が痛(いた)いです。

ashi ga itai desu

阿西 嘎 伊它伊 爹酥

替換看看

肚子	腰	膝蓋	牙齒
おなか	腰(こし)	ひざ	歯(は)
onaka	koshi	hiza	ha
歐那卡	寇西	喝伊雜	哈

胸	背部	手	手腕
むね	背中(せなか)	手(て)	腕(うで)
mune	senaka	te	ude
母內	誰那卡	貼	烏爹

51 ～をなくしました。

丟了＿＿＿。

物＋をなくしました。
o nakushimashita
歐 那枯西媽西它

我把錢包弄丟了。

財布（さいふ）をなくしました。
saifu o nakushimashita
沙伊夫 歐 那枯西媽西它

我把相機弄丟了。

カメラをなくしました。
kamera o nakushimashita
卡妹拉 歐 那枯西媽西它

替換看看

票	機票	戒指	卡片
チケット	航空券（こうくうけん）	指輪（ゆびわ）	カード
chiketto	kookuuken	yubiwa	kaado
七克耶へ豆	寇~枯~克耶恩	尤逼哇	卡～都

護照	眼鏡	外套	手錶
パスポート	めがね	コート	腕時計（うでどけい）
pasupooto	megane	kooto	udedokee
趴酥剖～豆	妹嘎内	寇～豆	烏爹都克耶～

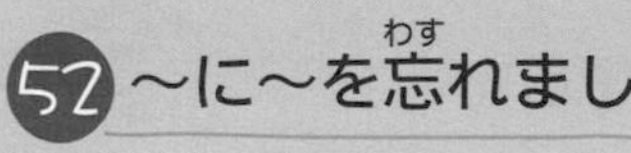

52 ～に～を忘(わす)れました。

T-64

＿＿忘在＿＿了。

場所＋に＋物＋を忘(わす)れました。

ni　o wasuremashita

尼　歐 哇酥累媽西它

包包忘在巴士上了。

バスにかばんを忘(わす)れました。

basu ni kaban o wasuremashita

拔酥 尼 卡拔恩 歐 哇酥累媽西它

鑰匙忘在房間裡了。

部屋(へや)に鍵(かぎ)を忘(わす)れました。

heya ni kagi o wasuremashita

黑呀 尼 卡哥伊 歐 哇酥累媽西它

替換看看

計程車　傘	電車　報紙
タクシー／傘(かさ)	電車(でんしゃ)／新聞(しんぶん)
takushii kasa	densha sinbun
它枯西～ 卡沙	爹恩蝦 西恩布恩
桌上　票	浴室　手錶
テーブルの上(うえ)／切符(きっぷ)	バスルーム／腕時計(うでどけい)
teeburu no ue kippu	basuruumu udedokee
貼~布魯 諾 烏耶 克伊へ撲	拔酥魯~母 烏爹都克耶~

基本句型

～を盗(ぬす)まれました。

＿＿＿被偷了。

物＋を盗(ぬす)まれました。

o nusumaremashita

歐 奴酥媽累媽西它

包包被偷了。

かばんを盗(ぬす)まれました。

kaban o nusumaremashita

卡拔恩 歐 奴酥媽累媽西它

錢被偷了。

現金(げんきん)を盗(ぬす)まれました。

genkin o nusumaremashita

給恩克伊恩 歐 奴酥媽累媽西它

替換看看

錢包	照相機	手錶	卡片
財布(さいふ)	カメラ	腕時計(うでどけい)	カード
saifu	kamera	udedokee	kaado
沙伊夫	卡妹拉	烏爹都克耶	卡～都

護照	機票	駕照（執照）	筆記型電腦
パスポート	航空券(こうくうけん)	免許証(めんきょしょう)	ノートパソコン
pasupooto	kookuuken	menkyoshoo	nootopasokon
趴酥剖～豆	寇～枯～克耶恩	妹恩卡悠休～	諾～豆趴搜寇恩

54 ～と思(おも)っています。

T-66

我想　　。

句＋と思(おも)っています。

to omottte imasu

豆 歐某ㄟ貼 伊媽酥

我想去日本。

日本(にほん)に行(い)きたいと思(おも)っています。

nihon ni ikitai to omottte imasu

尼后恩 尼 伊克伊它伊 豆 歐某ㄟ貼 伊媽酥

我想那個人是犯人。

あの人(ひと)が犯人(はんにん)だと思(おも)っています。

ano hito ga hanninda to omotte imasu

阿諾 喝伊豆 嘎 哈恩尼恩答 豆 歐某ㄟ貼 伊媽酥

替換看看

想當老師	想住在郊外	想到國外旅行
先生(せんせい)になりたい	郊外(こうがい)に住(す)みたい	海外旅行(かいがいりょこう)したい
sensee ni naritai	koogai ni sumitai	kaigairyokooshitai
誰恩誰~ 尼 那里它伊	寇~嘎伊 尼 酥咪它伊	卡伊嘎伊溜寇~西它伊
她不會結婚	他是對的	旅行是對的
彼女(かのじょ)は結婚(けっこん)しない	彼(かれ)は正(ただ)しい	旅行(りょこう)してよかった
kanojo wa kekkonshinai	kare wa tadashii	ryokooshite yokatta
卡諾久 哇 克耶ㄟ寇恩西那伊	卡累 哇 它答西~	溜寇~西貼 悠卡ㄟ它

基本句型

Note

第四章

說說自己

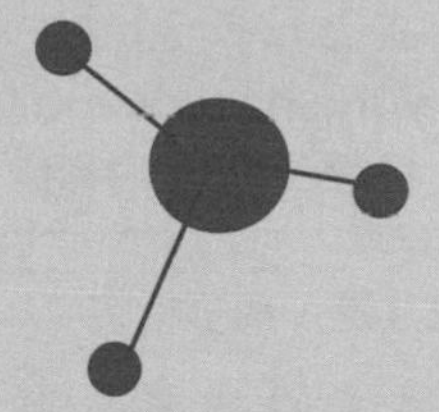

1. 自我介紹

T-67

1 我姓李。

我姓＿＿。

姓＋です。
desu
爹酥

李	金	鈴木	田中
李（リー）	キム	鈴木（すずき）	田中（たなか）
rii	kimu	suzuki	tanaka
里～	克伊母	酥茲克伊	它那卡

初次見面，我姓楊。

はじめまして、楊（ヨウ）と申（もう）します。
hajimemashite , yoo to mooshimasu
哈基妹媽西貼 ， 悠～ 豆 某～西媽酥

請多指教。

よろしくお願（ねが）いします。
yoroshiku onegai shimasu
悠落西枯 歐內嘎伊 西媽酥

我才是，請多指教。

こちらこそ、よろしく。
kochirakoso yoroshiku
寇七拉寇搜 悠落西枯

2 我從台灣來的。

我從 ______ 來。

國名＋から来(き)ました。

kara kimashita

卡拉 克伊媽西它

台灣	英國	中國	美國
台湾(タイワン)	イギリス	中国(ちゅうごく)	アメリカ
taiwan	igirisu	chuugoku	amerika
它伊哇恩	伊哥伊里酥	七烏～勾枯	阿妹里卡

您是哪國人？

お国(くに)はどちらですか。

okuni wa dochira desuka

歐枯尼 哇 都七拉 爹酥卡

我是台灣人。

私(わたし)は台湾人(タイワンじん)です。

watashi wa taiwanjin desu

哇它西 哇 它伊哇恩基恩 爹酥

我畢業於日本大學。

私(わたし)は日本大学出身(にほんだいがくしゅっしん)です。

watashi wa nihondaigaku shusshin desu

哇它西 哇 尼后恩答伊嘎枯 咻︿西恩 爹酥

③ 我是粉領族。

我是 ____。

職業＋です。
desu
爹酥

學生	醫生	粉領族	工程師
学生（がくせい）	医者（いしゃ）	OL（オーエル）	エンジニア
gakusee	isha	ooeru	enjinia
嘎枯誰～	伊蝦	歐～耶魯	耶恩基尼阿

您從事哪一種工作？

お仕事（しごと）は何（なん）ですか。

oshigoto wa nan desuka

歐西勾豆 哇 那恩 爹酥卡

我是日語老師。

日本語（にほんご） 教師（きょうし）です。

nihongo kyooshi desu

尼后恩勾 卡悠～西 爹酥

我在貿易公司工作。

貿易会社（ぼうえきがいしゃ）で働（はたら）いています。

booekigaisha de hataraite imasu

剝～耶克伊嘎伊蝦 爹 哈它拉伊貼 伊嫣酥

2. 介紹家人

T-70

1 這是我弟弟。

這是＿＿。

これは＋名詞＋です。

kore wa　desu

寇累 哇　爹酥

弟弟	哥哥	姊姊	妹妹
弟（おとうと）	兄（あに）	姉（あね）	妹（いもうと）
otooto	ani	ane	imooto
歐豆～豆	阿尼	阿内	伊某～豆

這個人是誰？

この人（ひと）は誰（だれ）ですか？

kono hito wa dare desuka

寇諾 喝伊豆 哇 答累 爹酥卡

我有一個弟弟。

弟（おとうと）が一人（ひとり）います。

otooto ga hitori imasu

歐豆～豆 嘎 喝伊豆里 伊媽酥

弟弟比我小兩歲。

弟（おとうと）は私（わたし）より二歳（にさい）下（した）です。

otooto wa watashi yori nisai shita desu

歐豆～豆 哇 哇它西 悠里 尼沙伊 西它 爹酥

② 哥哥是行銷員。

公司。

名詞＋の会社(かいしゃ)です。

no kaisha desu

諾 卡伊蝦 爹酥

汽車	電腦	鞋子	藥品
車(くるま)	コンピューター	靴(くつ)	薬(くすり)
kuruma	konpyuutaa	kutsu	kusuri
枯魯媽	寇恩披烏~它~	枯豬	枯酥里

哥哥是行銷員。

兄(あに)はセールスマンです。

ani wa seerusuman desu

阿尼 哇 誰～魯酥媽恩 爹酥

您哥哥在哪一家公司上班？

お兄(にい)さんの会社(かいしゃ)はどちらですか。

oniisan no kaisha wa dochira desuka

歐尼～沙恩 諾 卡伊蝦 哇 都七拉 爹酥卡

ABC汽車。

ＡＢＣ(エービーシー)自動車(じどうしゃ)です。

eebiishii jidoosha desu

耶～逼～西～ 基都～蝦 爹酥

T-72

3 我姊姊很活潑。

我姊姊＿＿＿。

姉(あね)は＋形容詞＋です。
ane wa desu
阿內 哇 爹酥

活潑	溫柔	有一點性急	頑固
明(あか)るい	やさしい	少(すこ)し短気(たんき)	頑固(がんこ)
akarui	yasashii	sukoshi tanki	ganko
阿卡魯伊	呀沙西～	酥寇西 它恩克伊	嘎恩寇

姊姊不小氣。
姉(あね)はけちではありません。
ane wa kechi dewa arimasen
阿內 哇 克耶七 爹哇 阿里媽誰恩

姊姊朋友很多。
姉(あね)は友(とも)だちが多(おお)いです。
ane wa tomodachi ga ooi desu
阿內 哇 豆某答七 嘎 歐～伊 爹酥

姊姊沒有男朋友。
姉(あね)は彼氏(かれし)がいません。
ane wa kareshi ga imasen
阿內 哇 卡累西 嘎 伊媽誰恩

3. 談天氣

1 今天真暖和

今天______。

今日(きょう)は＋形容詞＋ですね。

kyoo wa ... desune

卡悠~ 哇 ... 爹酥内

熱	冷	溫暖	涼爽
暑(あつ)い	寒(さむ)い	暖(あたた)かい	涼(すず)しい
atsui	samui	atatakai	suzusii
阿豬伊	沙母伊	阿它它卡伊	酥茲西~

今天是好天氣。

今日(きょう)はいい天気(てんき)ですね。

kyoo wa ii tenki desune

卡悠~ 哇 伊~ 貼恩克伊 爹酥内

正在下雨。

雨(あめ)が降(ふ)っています。

ame ga futte imasu

阿妹 嘎 夫ㄟ貼 伊媽酥

早上是晴天。

朝(あさ)は晴(は)れていました。

asa wa harete imashita

阿沙 哇 哈累貼 伊媽西它

2 東京天氣如何？

東京的　　　如何？
東京の（とうきょう）＋四季＋はどうですか。
tookyoo no　wa doo desuka
豆～卡悠～ 諾　哇 都～ 爹酥卡

春天	夏天	秋天	冬天
春（はる）	夏（なつ）	秋（あき）	冬（ふゆ）
haru	natsu	aki	fuyu
哈魯	那豬	阿克伊	夫尤

東京夏天很熱。
東京（とうきょう）の夏（なつ）は暑（あつ）いです。
tookyoo no natsu wa atsui desu
豆～卡悠～ 諾 那豬 哇 阿豬伊 爹酥

但是冬天很冷。
でも、冬（ふゆ）は寒（さむ）いです。
demo, fuyu wa samui desu
爹某，夫尤 哇 沙母伊 爹酥

你的國家怎麼樣？
あなたの国（くに）はどうですか。
anata no kuni wa doo desuka
阿那它 諾 枯尼 哇 都～ 爹酥卡

3 明天會下雨吧！

明天會（是）＿＿吧！

明日（あした）は＋名詞＋でしょう。

ashita wa ＿＿ deshoo

阿西它 哇 ＿＿ 爹休～

雨天	晴天	陰天	下雪
雨（あめ）	晴（は）れ	曇（くも）り	雪（ゆき）
ame	hare	kumori	yuki
阿妹	哈累	枯某里	尤克伊

明天下雨吧！

明日（あした）は雨（あめ）でしょう。

ashita wa ame deshoo

阿西它 哇 阿妹 爹休～

明天一整天都很溫暖吧！

明日（あした）は一日中（いちにちじゅう）暖（あたた）かいでしょう。

ashita wa ichinichijuu atatakai deshoo

阿西它 哇 伊七尼七啾～ 阿它它卡伊 爹休～

今晚天氣不知道怎麼樣？

今晩（こんばん）の天気（てんき）はどうでしょう。

konban no tenki wa doo deshoo

寇恩拔恩 諾 貼恩克伊 哇 都～ 爹休～

T-76

4 東京八月天氣如何？

___的___如何？

地名＋の＋月＋はどうですか。
no　wa doo desuka
諾　哇 都～ 爹酥卡

東京　8月	紐約　9月
東京（とうきょう）／8月（はちがつ）	ニューヨーク／9月（くがつ）
tookyoo hachigatsu	nyuuyooku kugatsu
豆～卡悠～ 哈七嘎豬	牛～悠～枯 枯嘎豬
台北　12月	北京　9月
台北（タイペイ）／12月（じゅうにがつ）	北京（ペキン）／9月（くがつ）
taipee juunigatsu	pekin kugatsu
它伊佩～ 啾～尼嘎豬	佩克伊恩 枯嘎豬

7月到8月呢？

Q：7月（しちがつ）から8月（はちがつ）までは。
shichigatsu kara hachigatsu madewa
西七嘎豬 卡拉 哈七嘎豬 媽爹哇

很___。

A：形容詞＋です。
desu
爹酥

熱	涼爽
暑（あつ）い	涼（すず）しい
atsui	suzusii
阿豬伊	酥茲西～

說說自己

4. 談飲食健康

1 吃早餐

吃＿＿＿。

食物＋を食(た)べます。

o tabemasu

歐 它貝媽酥

麵包	飯	粥	饅頭
パン	ご飯(はん)	お粥(かゆ)	お饅頭(まんじゅう)
pan	gohan	okayu	omanjuu
趴恩	勾哈恩	歐卡尤	歐媽恩啾~

早餐在家吃。

朝(あさ)ご飯(はん)は家(いえ)で食(た)べます。

asagohan wa ie de tabemasu

阿沙勾哈恩 哇 伊耶 爹 它貝媽酥

吃了麵包和沙拉。

パンとサラダを食(た)べました。

pan to sarada o tabemashita

趴恩 豆 沙拉答 歐 它貝媽西它

不吃早餐。

朝(あさ)ご飯(はん)は食(た)べません。

asagohan wa tabemasen

阿沙勾哈恩 哇 它貝媽誰恩

T-78

2 喝飲料

喝＿＿＿。

飲料＋を飲(の)みます。
o nomimasu
歐 諾咪媽酥

牛奶	果汁	可樂	啤酒
牛乳(ぎゅうにゅう)	ジュース	コーラ	ビール
gyuunyuu	juusu	koora	biiru
克伊烏~牛~	啾～酥	寇～拉	逼～魯

喜歡喝酒。

お酒(さけ)が好(す)きです。
osake ga suki desu
歐沙克耶 嘎 酥克伊 爹酥

常喝葡萄酒。

よくワインを飲(の)みます。
yoku wain o nomimasu
悠枯 哇伊恩 歐 諾咪媽酥

和朋友一起喝啤酒。

友達(ともだち)と一緒(いっしょ)にビールを飲(の)みます。
tomodachi to issho ni biiru o nomimasu
豆某答七 豆 伊〜休 尼 逼～魯 歐 諾咪媽酥

3 做運動

做＿＿＿。

運動＋をしますか。

o shimasuka

歐 西媽酥卡

網球	游泳	高爾夫	足球
テニス	水泳（すいえい）	ゴルフ	サッカー
tenisu	suiee	gorufu	sakkaa
貼尼酥	酥伊耶～	勾魯夫	沙ヘ卡～

一星期做兩次運動。

週二回（しゅうにかい）スポーツをします。

shuunikai supootsu o shimasu

咻～尼卡伊 酥剖～豬 歐 西媽酥

有時打保齡球。

時々（ときどき）ボーリングをします。

tokidoki booringu o shimasu

豆克伊都克伊 剝～里恩估 歐 西媽酥

常去公園散步。

よく公園（こうえん）を散歩（さんぽ）します。

yoku kooen o sanposhimasu

悠枯 寇～耶恩 歐 沙恩剖西媽酥

4 4. 我的假日

你假日做什麼？

Q：休(やす)みの日(ひ)は何(なに)をしますか。

yasumi no hi wa nani o shimasuka

呀酥咪 諾 喝伊 哇 那尼 歐 西媽酥卡

看 　　　 。

A：名詞＋を見(み)ます。

o mimasu

歐 咪媽酥

電視	電影	職業棒球	小孩
テレビ	映画(えいが)	プロ野球(やきゅう)	子(こ)ども
terebi	eega	poroyakyuu	kodomo
貼累逼	耶～嘎	剖落呀卡伊烏～	寇都某

和男朋友約會。

彼氏(かれし)とデートします。

kareshi to deeto shimasu

卡累西 豆 爹～豆 西媽酥

和朋友說說笑笑。

友達(ともだち)とワイワイやります。

tomodachi to waiwai yarimasu

豆某答七 豆 哇伊哇伊 呀里媽酥

在卡拉OK唱歌。

カラオケで歌(うた)を歌(うた)います。

karaoke de uta o utaimasu

卡拉歐克耶 爹 烏它 歐 烏它伊媽酥

說說自己

5. 談嗜好

1 我喜歡運動

喜歡＿＿。

運動＋が好(す)きです。

ga suki desu

嘎 酥克伊 爹酥

籃球	排球	高爾夫	釣魚
バスケットボール	バレーボール	ゴルフ	釣(つ)り
basukettobooru	bareebooru	gorufu	tsuri
拔酥克耶〜豆剝〜魯	拔累〜剝〜魯	勾魯夫	豬里

你喜歡什麼樣的運動？

どんなスポーツが好(す)きですか。

donna supootsu ga suki desuka

都恩那 酥剖〜豬 嘎 酥克伊 爹酥卡

常游泳。

よく水泳(すいえい)をします。

yoku suiee o shimasu

悠枯 酥伊耶〜 歐 西媽酥

喜歡看運動比賽。

スポーツ観戦(かんせん)が好(す)きです。

supootsu kansen ga suki desu

酥剖〜豬 卡恩誰恩 嘎 酥克伊 爹酥

T-82

2 我的嗜好

您的興趣是什麼？

Q：ご趣味(しゅみ)は何(なん)ですか。

goshumi wa nan desuka

勾咻咪 哇 那恩 爹酥卡

＿＿＿。

A：名詞＋動詞＋ことです。

koto desu

寇豆 爹酥

做 菜	練 字
料理(りょうり)を／作(つく)る	習字(しゅうじ)を／する
ryoori o tsukuru	shuuji o suru
溜~里 歐 豬枯魯	咻~基 歐 酥魯
看 電影	釣 魚
映画(えいが)を／見(み)る	釣(つ)りを／する
eega o miru	tsuri o suru
耶~嘎 歐 咪魯	豬里 歐 酥魯

很會＿＿＿呢。

專長＋が上手(じょうず)ですね。

ga joozu desune

嘎 久~茲 爹酥內

唱歌	游泳
歌(うた)	水泳(すいえい)
uta	suiee
烏它	酥伊耶~

6. 談個性

1 我的出生日

我的生日是＿＿＿＿。

私の誕生日（わたし　たんじょうび）は＋月日＋です。

watashi no tanjoobi wa desu

哇它西 諾 它恩久~逼 哇 爹酥

1月20號	4月24號	8月8號	12月10號
1月20日（いちがつはつか）	4月24日（しがつにじゅうよっか）	8月8日（はちがつようか）	12月10日（じゅうにがつとおか）
ichigatsu hatsuka	shigatsu nijuuyokka	hachigatsu yooka	juunigatsu tooka
伊七嘎豬 哈豬卡	西嘎豬 尼啾~悠ㄟ卡	哈七嘎豬 悠~卡	啾~尼嘎豬 豆~卡

您的生日是什麼時候？

お誕生日（たんじょうび）はいつですか。

otanjoobi wa itsu desuka

歐它恩久～逼 哇 伊豬 爹酥卡

我12月出生。

12月（じゅうにがつ）生（う）まれです。

juunigatsu umare desu

啾～尼嘎豬 烏媽累 爹酥

我屬鼠。

ねずみ年（どし）です。

nezumi doshi desu

内茲咪 都西 爹酥

T-84

2 我的星座

我是　　　　。

私(わたし)は＋星座＋です。
watashi wa　desu
哇它西 哇　爹酥

水瓶座	獅子座	牡羊座	金牛座
水瓶座(みずがめざ)	獅子座(ししざ)	牡羊座(おひつじざ)	牡牛座(おうしざ)
mizugameza	shishiza	ohitsujiza	oushiza
咪茲嘎妹雜	西西雜	歐喝伊豬基雜	歐烏~西雜

　　　是什麼樣的個性？

星座＋はどんな性格(せいかく)ですか。
wa donna seekaku desuka
哇 都恩那 誰~卡枯 爹酥卡

雙子座	巨蟹座	雙魚座	處女座
双子座(ふたござ)	蟹座(かにざ)	魚座(うおざ)	乙女座(おとめざ)
futagoza	kaniza	uoza	otomeza
夫它勾雜	卡尼雜	烏歐雜	歐豆妹雜

說說自己

③ 從星座看個性

獅子座（的人）很活潑。

しし ざ　ひと　あか
獅子座（の人）は明るいです。

shishiza(nohito)wa akarui desu

西西雜（諾喝伊豆）哇 阿卡魯伊 爹酥

很多天秤座都當女演員。

てんびん ざ　じょゆう　おお
天秤座は女優が多いです。

tenbinza wa joyuu ga ooi desu

貼恩逼恩雜 哇 久尤～ 嘎 歐～伊 爹酥

雙魚座很有藝術天份。

うお ざ　げいじゅつてきさいのう
魚座は芸術 的才能があります。

uoza wa geejutsuteki sainoo ga arimasu

烏歐雜 哇 給～啾豬貼克伊 沙伊恩歐～ 嘎 阿里媽酥

魔羯座不缺錢。

や ぎ ざ　かね　こま
山羊座はお金に困らないです。

yagiza wa okane ni komaranai desu

呀哥伊雜 哇 歐卡內 尼 寇媽拉那伊 爹酥

從星座來看兩個人很適合喔。

せい ざ　み　ふたり　あ
星座から見ると二人は合いますよ。

seeza kara miru to futari wa aimasuyo

誰～雜 卡拉 咪魯 豆 夫它里 哇 阿伊媽酥悠

完美主義	勤勞	誠實	悠閒
かんぺきしゅぎ 完璧主義	きんべん 勤勉	せいじつ 誠実	のんびり
kanpekishugi	kinben	seejitsu	nonbiri
卡恩佩克伊咻哥伊	克伊恩貝恩	誰～基豬	諾恩逼里

7. 談夢想

T-86

1 我想當歌手

我想當＿＿＿。

将来（しょうらい）＋名詞＋になりたいです。
shoorai　ni naritai desu
休～拉伊　尼 那里它伊 爹酥

歌手	醫生	老師	護士
歌手（かしゅ）	医者（いしゃ）	先生（せんせい）	看護婦（かんごふ）
kashu	isha	sensee	kangofu
卡咻	伊蝦	誰恩誰～	卡恩勾夫

以後想做什麼？

将来（しょうらい）、何（なに）になりたいですか。
shoorai,nani ni naritai desuka
休～拉伊，那尼 尼 那里它伊 爹酥卡

為什麼？

どうしてですか。
dooshite desuka
都～西貼 爹酥卡

因為喜歡唱歌。

歌（うた）が好（す）きだからです。
uta ga suki dakara desu
烏它 嘎 酥克伊 答卡拉 爹酥

說說自己

2 現在最想要的

現在最想要什麼？

Q：今(いま)、何(なに)がほしいですか。

ima, nani ga hoshii desuka

伊媽，那尼 嘎 后西～ 爹酥卡

想要＿＿＿。

A：名詞＋がほしいです。

ga hoshii desu

嘎 后西～ 爹酥

車	情人	時間	錢
車(くるま)	恋人(こいびと)	時間(じかん)	お金(かね)
kuruma	koibito	jikan	okane
枯魯媽	寇伊逼豆	基卡恩	歐卡內

為什麼想要錢？

なぜ、お金(かね)がほしいですか。

naze,okane ga hoshii desuka

那瑞，歐卡內 嘎 后西～ 爹酥卡

因為想再進修。

もっと勉強(べんきょう)したいからです。

motto benkyoo shitai kara desu

某ㄟ豆 貝恩卡悠～ 西它伊 卡拉 爹酥

因為想旅行。

旅行(りょこう)したいからです。

ryokoo shitai kara desu

溜寇～ 西它伊 卡拉 爹酥

3 將來想住的家

將來想住什麼樣的房子？

Q：将来(しょうらい)、どんな家(いえ)に住(す)みたいですか。

shoorai,donna ie ni sumitai desuka

休~拉伊,都恩那 伊耶 尼 酥咪它伊 爹酥卡

想住在＿＿。

A：名詞＋に住(す)みたいです。

ni sumitaidesu

尼 酥咪它伊爹酥

很大的房子	高級公寓	別墅	透天厝
大(おお)きな家(いえ)	マンション	別荘(べっそう)	一戸建(いっこだ)て
ookina ie	manshon	bessoo	ikkodate
歐~克伊那 伊耶	媽恩休恩	貝ㄟ搜~	伊ㄟ寇答貼

想住什麼樣的城鎮？

Q：どんな町(まち)に住(す)みたいですか。

donna machi ni sumitai desuka

都恩那 媽七 尼 酥咪它伊 爹酥卡

想住在＿＿城鎮。

A：形容詞＋町(まち)に住(す)みたいです。

machi ni sumitai desu

媽七 尼 酥咪它伊 爹酥

熱鬧的	很多綠地的
にぎやかな	緑(みどり)の多(おお)い
nigiyakana	midori no ooi
尼哥伊呀卡那	咪都里 諾 歐~伊

Note

第五章

旅遊日語

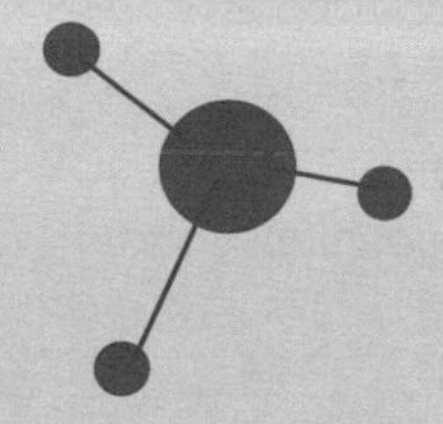

1. 機場

1 在機內

在哪裡？	我的座位	洗手間
名詞＋はどこですか。	私（わたし）の席（せき）	トイレ
wa doko desuka	watashi no seki	toire
哇 都寇 爹酥卡	哇它西 諾 誰克伊	豆伊累

行李放不進去。

荷物（にもつ）が入（はい）りません。

nimotsu ga hairimasen

尼某豬 嘎 哈伊里嫣誰恩

請借我過。

通（とお）してください。

tooshite kudasai

豆～西貼 枯答沙伊

希望能換座位。

席（せき）を替（か）えてほしいです。

seki o kaete hoshii desu

誰克伊 歐 卡耶貼 后西～ 爹酥

可以將椅背倒下嗎？

席（せき）を倒（たお）してもいいですか。

seki o taoshitemo ii desuka

誰克伊 歐 它歐西貼某 伊～ 爹酥卡

2 機內服務（一）

請給我 ______ 。

名詞＋をください。
o kudasai
歐 枯答沙伊

牛肉	雞肉	水
ビーフ	チキン	水（みず）
biifu	chikin	mizu
逼~夫	七克伊恩	咪茲
毛毯	枕頭	入境卡
毛布（もうふ）	枕（まくら）	入国（にゅうこく）カード
moofu	makura	nyuukoku kaado
某~夫	媽枯拉	牛~寇枯 卡~都

有 ______ 嗎？

名詞＋はありますか。
wa arimasuka
哇 阿里媽酥卡

日本報紙	暈車藥
日本（にほん）の新聞（しんぶん）	酔（よ）い止（ど）め薬（ぐすり）
nihon no shinbun	yoidome gusuri
尼后恩 諾 西恩布恩	悠伊都妹 估酥里

3 機內服務（二）

請再給我一杯。

もう一杯(いっぱい)ください。

moo ippai kudasai

某～ 伊～趴伊 枯答沙伊

是免費嗎？

無料(むりょう)ですか。

muryoo desuka

母溜～ 爹酥卡

身體不舒服嗎？

気分(きぶん)が悪(わる)いですか。

kibun ga warui desuka

克伊布恩 嘎 哇魯伊 爹酥卡

什麼時候到達？

いつ着(つ)きますか。

itsu tsukimasuka

伊豬 豬克伊媽酥卡

再20分鐘。

あと20分(にじゅっぷん)です。

ato nijuppun desu

阿豆 尼啾︿撲恩 爹酥

雜誌	耳機	香煙	葡萄酒
雑誌(ざっし)	ヘッドホン	タバコ	ワイン
zasshi	heddohon	tabako	wain
雜︿西	黑︿都后恩	它拔寇	哇伊恩

T-92

4 通關（一）

旅行目的為何？

Q：旅行の目的は何ですか。（りょこう　もくてき　なん）
ryokoo no mokuteki wa nan desuka
溜寇~ 諾 某枯貼克伊 哇 那恩爹酥卡

是＿＿＿。

A：名詞＋です。
desu
爹酥

觀光	留學	工作	會議
観光（かんこう）	留学（りゅうがく）	仕事（しごと）	会議（かいぎ）
kankoo	ryuugaku	shigoto	kaigi
卡恩寇~	里伊烏~嘎枯	西勾豆	卡伊哥伊

從事什麼職業？

職業は何ですか。（しょくぎょう　なん）
shokugyoo wa nan desuka
休枯克悠~ 哇 那恩 爹酥卡

學生

学生です。（がくせい）
gakusee desu
嘎枯誰~ 爹酥

上班族

サラリーマンです。
sarariiman desu
沙拉里~媽恩 爹酥

粉領族

OLです。（オーエル）
ooeru desu
歐~耶魯 爹酥

5 通關（二）

要住在哪裡？

Q：どこに滞在(たいざい)しますか。

doko ni taizai shimasuka

都寇 尼 它伊雜伊 西媽酥卡

□。

A：名詞＋です。

desu

爹酥

ABC飯店	朋友家
エービーシー ＡＢＣホテル	友人(ゆうじん)の家(いえ)
eebiishii hoteru	yuujin no ie
耶~逼~西~ 后貼魯	尤~基恩 諾 伊耶

要待幾天？

Q：何日滞在(なんにちたいざい)しますか。

nannichi taizai shimasuka

那恩尼七 它伊雜伊 西媽酥卡

□。

A：期間＋です。

desu

爹酥

五天	一星期	兩星期	一個月
五日間(いつかかん)	一週間(いっしゅうかん)	二週間(にしゅうかん)	一ヶ月(いっかげつ)
itsukakan	isshuukan	nishuukan	ikkagetsu
伊豬卡卡恩	伊ㄟ咻~卡恩	尼咻~卡恩	伊ㄟ卡給豬

T-94

6 通關（三）

請幫我______。

動詞＋ください。
kudasai
枯答沙伊

開	讓我看	等	說
開(あ)けて	見(み)せて	待(ま)って	言(い)って
akete	misete	matte	itte
阿克耶貼	咪誰貼	媽ㄟ貼	伊ㄟ貼

這是什麼？

Q：これは何(なん)ですか。
kore wa nan desuka
寇累 哇 那恩 爹酥卡

______跟______。

A：名詞＋と＋名詞＋です。
to desu
豆 爹酥

日常用品 名產	衣服 香煙
日常品(にちじょうひん)／お土産(みやげ)	洋服(ようふく)／タバコ
nichijoohin omiyage	yoofuku tabako
尼七久～喝伊恩 歐咪呀給	悠～夫枯 它拔寇

旅遊日語

7 出國（買機票）

請到　　　　。

場所＋までお願いします。

made onegai shimasu

媽爹 歐内嘎伊 西媽酥

台北	日本	香港	北京
台北（タイペイ）	日本（にほん）	香港（ホンコン）	北京（ペキン）
taipee	nihon	honkon	pekin
它伊佩～	尼后恩	后恩寇恩	佩克伊恩

日本航空櫃檯在哪裡？

日本航空（にほんこうくう）のカウンターはどこですか。

nihonkookuu no kauntaa wa doko desuka

尼后恩寇～枯～ 諾 卡烏恩它～ 哇 都寇 爹酥卡

我要辦登機手續。

チェックインします。

chekkuin shimasu

切ㄟ枯伊恩 西媽酥

有靠窗的座位嗎？

窓側（まどがわ）の席（せき）はありますか。

madogawa no seki wa arimasuka

媽都嘎哇 諾 誰克伊 哇 阿里媽酥卡

T-96

8 換錢

請＿＿。

名詞＋してくさださい。

shite kudasai

西貼 枯答沙伊

兌幣	簽名
両替（りょうがえ）	サイン
ryoogae	sain
溜～嘎耶	沙伊恩

換成日圓。

日本円（にほんえん）に。

nihonen ni

尼后恩耶恩 尼

請換成五萬日圓。

5万円（ごまんえん）に両替（りょうがえ）してください。

gomanen ni ryoogaeshite kudasai

勾媽恩耶恩 尼 溜～嘎耶西貼 枯答沙伊

也請給我一些零鈔。

小銭（こぜに）も混（ま）ぜてください。

kozeni mo mazete kudasai

寇瑞尼 某 媽瑞貼 枯答沙伊

請讓我看一下護照。

パスポートを見（み）せてください。

pasupooto o misete kudasai

趴酥剖～豆 歐 咪誰貼 枯答沙伊

9 打電話

給我一張電話卡。

テレホンカード一枚（いちまい）ください。

terehonkaado ichimai kudasai

貼累后恩卡～都 伊七媽伊 枯答沙伊

喂，我是台灣小李。

もしもし、台湾（タイワン）の李（リー）です。

moshi moshi,taiwan no rii desu

某西 某西,它伊哇恩 諾 里～ 爹酥

陽子小姐在嗎？

陽子（ようこ）さんはいらっしゃいますか。

yookosan wa irasshaimasuka

悠～寇沙恩 哇 伊拉ㄟ蝦伊媽酥卡

我剛到日本。

ただいま、日本（にほん）に着（つ）きました。

tadaima,nihon ni tsukimashita

它答伊媽,尼后恩 尼 豬克伊媽西它

那麼就在新宿車站見面吧。

では、新宿駅（しんじゅくえき）で会（あ）いましょう。

dewa,shinjukueki de aimashoo

爹哇,西恩啾枯耶克伊 爹 阿伊媽休～

打電話	留言	外出中	不在家
電話（でんわ）する	メッセージ	外出中（がいしゅつちゅう）	留守（るす）
denwasuru	messeeji	gaishutsuchuu	rusu
爹恩哇酥魯	妹ㄟ誰～基	嘎伊咻豬七烏～	魯酥

T-98

10 郵局

麻煩寄 ＿＿＿ 。

名詞＋でお願(ねが)いします。

de onegai shimasu

爹 歐內嘎伊 西媽酥

空運	船運	掛號	包裹
航空便(こうくうびん)	船便(ふなびん)	書留(かきとめ)	小包(こづつみ)
kookuubin	funabin	kakitome	kozutsumi
寇~枯~逼恩	夫那逼恩	卡克伊豆妹	寇茲豬咪

費用多少？

料金(りょうきん)はいくらですか。

ryookin wa ikura desuka

溜~克伊恩 哇 伊枯拉 爹酥卡

麻煩寄到台灣。

台湾(タイワン)までお願(ねが)いします。

taiwan made onegai shimasu

它伊哇恩 媽爹 歐內嘎伊 西媽酥

請給我明信片10張。

はがきを１０枚(じゅうまい)ください。

hagaki o juumai kudasai

哈嘎克伊 歐 啾~媽伊 枯答沙伊

11 在機場預約飯店

多少錢？

名詞＋いくらですか。

ikura desuka

伊枯拉 爹酥卡

一晚	一個人	雙人房(兩張單人床)	雙人房(一張雙人床)
一泊（いっぱく）	一人（ひとり）	ツインで	ダブルで
ippaku	hitori	tsuin de	daburu de
伊ㄟ趴枯	喝伊豆里	豬伊恩 爹	答布魯 爹

我想預約。

予約（よやく）したいです。

yoyakushitai desu

悠呀枯西它伊 爹酥

有附早餐嗎？

朝食（ちょうしょく）はつきますか。

chooshoku wa tsukimasuka

秋～休枯 哇 豬克伊媽酥卡

那樣就可以了。

それでお願（ねが）いします。

sorede onegai shimasu

搜累爹 歐內嘎伊 西媽酥

T-100

12 坐機場巴士

有去ABC飯店嗎？

ABC(エービーシー)ホテルへ行(い)きますか。

eebiishii hoteru e ikimasuka

耶～逼～西～ 后貼魯 耶 伊克伊媽酥卡

下一班巴士幾點？

次(つぎ)のバスは何時(なんじ)ですか。

tsugi no basu wa nanji desuka

豬哥伊 諾 拔酥 哇 那恩基 爹酥卡

給我一張到新宿的票。

新宿(しんじゅく)まで一枚(いちまい)ください。

shinjuku made ichimai kudasai

西恩啾枯 媽爹 伊七媽伊 枯答沙伊

請往右側出口出去。

右側(みぎがわ)の出口(でぐち)に出(で)てください。

migigawa no deguchi ni dete kudasai

咪哥伊嘎哇 諾 爹估七 尼 爹貼 枯答沙伊

請在3號乘車處上車。

3番乗(さんばんの)り場(ば)で乗車(じょうしゃ)してください。

sanban noriba de jooshashite kudasai

沙恩拔恩 諾里拔 爹 久～蝦西貼 枯答沙伊

(車)票	販售處	機場巴士	乘車處
切符(きっぷ)	売(う)り場(ば)	リムジンバス	乗(の)り場(ば)
kippu	uriba	rimujinbasu	noriba
克伊～撲	烏里拔	里母基恩拔酥	諾里拔

旅遊日語

2. 到飯店

T-101

1 在櫃臺

麻煩＿＿＿＿。

名詞＋をお願い（ねが）します。
o onegai shimasu
歐 歐内嘎伊 西媽酥

住宿登記	行李
チェックイン	荷物（にもつ）
chekkuin	nimotsu
切へ枯伊恩	尼某豬

有預約。

予約（よやく）してあります。
yoyakushite arimasu
悠呀枯西貼 阿里媽酥

沒預約。

予約（よやく）してありません。
yoyakushite arimasen
悠呀枯西貼 阿里媽誰恩

幾點退房？

チェックアウトは何時（なんじ）ですか。
chekkuauto wa nanji desuka
切へ枯阿烏豆 哇 那恩基 爹酥卡

麻煩我要刷卡。

カードでお願い（ねが）いします。
kaado de onegai shimasu
卡～都 爹 歐内嘎伊 西媽酥

2 住宿中的對話

請＿＿＿＿。

名詞＋動詞＋ください。
kudasai
枯答沙伊

更換 房間	借我 熨斗	搬運 行李	告訴我 地方
部屋(へや)を/変(か)えて	アイロンを/貸(か)して	荷物(にもつ)を/運(はこ)んで	場所(ばしょ)を/教(おし)えて
heya o kaete	airon o kashite	nimotsu o hakonde	basho o oshiete
黑呀 歐 卡耶貼	阿伊落恩 歐 卡西貼	尼某豬 歐 哈寇恩爹	拔休 歐 歐西耶貼

請打掃房間。

部屋(へや)を掃除(そうじ)してください。
heya o soojishite kudasai
黑呀 歐 搜～基西貼 枯答沙伊

請再給我一條毛巾。

タオルをもう一枚(いちまい)ください。
taoru o moo ichimai kudasai
它歐魯 歐 某～ 伊七媽伊 枯答沙伊

鑰匙不見了。

鍵(かぎ)をなくしました。
kagi o nakushimashita
卡哥伊 歐 那枯西媽西它

T-103

3 客房服務

100號客房。

100号室(ひゃくごうしつ)です。

hyaku gooshitsu desu

喝呀枯 勾～西豬 爹酥

我要客房服務。

ルームサービスをお願(ねが)いします。

ruumusaabisu o onegai shimasu

魯～母沙～逼酥 歐 歐內嘎伊 西媽酥

給我一客披薩。

ピザを一(ひと)つください。

piza o hitotsu kudasai

披雜 歐 喝伊豆豬 枯答沙伊

我要送洗。

洗濯物(せんたくもの)をお願(ねが)いします。

sentakumono o onegai shimasu

誰恩它枯某諾 歐 歐內嘎伊 西媽酥

早上6點請叫醒我。

朝(あさ) 6時(ろくじ)にモーニングコールをお願(ねが)いします。

asa rokuji ni mooningukooru o onegai shimasu

阿沙 落枯基 尼 某～尼恩估寇～魯 歐 歐內嘎伊 西媽酥

床單	枕頭	棉被	衛生紙
シーツ	枕(まくら)	布団(ふとん)	トイレットペーパー
shiitsu	makura	futon	toirettopeepaa
西～豬	媽枯拉	夫豆恩	豆伊累ㄟ豆佩～趴～

4 退房

我要退房。

チェックアウトします。
chekkuauto shimasu
切～枯阿烏豆 西媽酥

這是什麼？

これは何（なん）ですか。
kore wa nan desuka
寇累 哇 那恩 爹酥卡

沒有使用迷你吧。

ミニバーは利用（りよう）していません。
minibaa wa riyooshite imasen
咪尼拔～ 哇 里悠～西貼 伊媽誰恩

請給我收據。

領収書（りょうしゅうしょ）をください。
ryooshuusho o kudasai
溜～咻～休 歐 枯答沙伊

多謝關照。

お世話（せわ）になりました。
osewa ni narimashita
歐誰哇 尼 那里媽西它

冰箱	明細	稅金	服務費
冷蔵庫（れいぞうこ）	明細（めいさい）	税金（ぜいきん）	サービス料（りょう）
reezooko	meesai	zeekin	saabisuryoo
累～宙～寇	妹～沙伊	瑞～克伊恩	沙～逼酥溜～

3. 用餐

T-105

1 逛商店街

多少錢？

名詞＋數量＋いくらですか。

ikura desuka

伊枯拉 爹酥卡

這個　一個	蘋果　一堆
これ／一つ（ひと）	りんご／一山（ひとやま）
kore hitotsu	ringo hitoyama
寇累 喝伊豆豬	里恩勾 喝伊豆呀媽

歡迎光臨。

いらっしゃいませ。

irasshai mase

伊拉へ 蝦伊 媽誰

可以試吃嗎？

試食（ししょく）してもいいですか。

shishokushitemo ii desuka

西休枯西貼某 伊～ 爹酥卡

這個請給我一盒。

これをワンパックください。

kore o wanpakku kudasai

寇累 歐 哇恩趴へ 枯 枯答沙伊

算我便宜一點嘛。

まけてくださいよ。

makete kudasaiyo

媽克耶貼 枯答沙伊悠

T-106

2 在速食店

給我＿＿＿＿。

名詞＋數量＋ください。
kudasai
枯答沙伊

漢堡　兩個	可樂　三杯	蕃茄醬　一個	薯條　四包
ハンバーガー/二つ（ふた）	コーラ/三つ（みっ）	ケチャップ/一つ（ひと）	フライポテト/四つ（よっ）
hanbaagaa futatsu	koora mittsu	kecchappu hitotsu	furaipoteto yottsu
哈恩拔~嘎~ 夫它豬	寇~拉 咪へ豬	克耶洽へ撲 喝伊豆豬	夫拉伊剖貼豆 悠へ豬

我可樂要中杯。

コーラはM（エム）です。
koora wa emu desu
寇~拉 哇 耶母 爹酥

在這裡吃。

ここで食（た）べます。
koko de tabemasu
寇寇 爹 它貝媽酥

外帶。

テックアウトします。
tekkuauto shimasu
貼へ枯阿烏豆 西媽酥

旅遊日語

3 在便利商店

便當要加熱嗎？

べんとう　あたた
お弁当を温めますか。
obentoo o atatamemasuka
歐貝恩豆～歐 阿它它妹媽酥卡

幫我加熱。

あたた
温めてください。
atatamete kudasai
阿它它妹貼 枯答沙伊

需要筷子嗎？

はし　い
お箸は要りますか。
ohashi wa irimasuka
歐哈西 哇 伊里媽酥卡

收您一千日圓。

せんえん　あず
千円からお預かりします。
senen kara oazukari shimasu
誰恩耶恩 卡拉 歐阿茲卡里 西媽酥

找您兩百日圓。

にひゃくえん
2百円のおつりです。
nihyakuen no otsuri desu
尼喝呀枯耶恩 諾 歐豬里 爹酥

便利商店	收銀台	果汁	袋子
コンビニ	レジ	ジュース	袋（ふくろ）
konbini	reji	juusu	fukuro
寇恩逼尼	累基	啾～酥	夫枯落

T-108

4 找餐廳

附近有＿＿＿嗎？

ちか
近くに＋形容詞＋商店＋はありますか。

chikaku ni　wa arimasuka

七卡枯 尼　哇 阿里媽酥卡

好吃的 餐廳	便宜的 拉麵店	不錯的 壽司店	有趣的 商店
おいしい/レストラン	安い/ラーメン屋（やす、や）	いい/寿司屋（すしや）	おもしろい/店（みせ）
oishii resutoran	yasui raamenya	ii sushiya	omoshiroi mise
歐伊西~ 累酥豆拉恩	呀酥伊 拉~妹恩呀	伊~ 酥西呀	歐某西落伊 咪誰

價錢多少？

ねだん
値段はどれくらいですか。

nedan wa dorekurai desuka

内答恩 哇 都累枯拉伊 爹酥卡

好吃嗎？

おいしいですか。

oishii desuka

歐伊西～ 爹酥卡

地方在哪裡？

ばしょ
場所はどこですか。

basho wa doko desuka

拔休 哇 都寇 爹酥卡

T-109

5 打電話預約

。

時間＋數量＋です。
desu
爹酥

今晚7點　兩人	明晚8點　四人
今晚７時／二人（こんばんしちじ／ふたり）	明日の夜八時／四人（あした よるはちじ／よにん）
konban shichiji futari	ashita no yoru hachiji yonin
寇恩拔恩 西七基 夫它里	阿西它 諾 悠魯 哈七基 悠尼恩

我姓李。
李と申します。（リー／もう）
rii to mooshimasu
里～ 豆 某～西媽酥

套餐多少錢？
コースはいくらですか。
koosu wa ikura desuka
寇～酥 哇 伊枯拉 爹酥卡

請給我靠窗的座位。
窓側の席をお願いします。（まどがわ／せき／ねが）
madogawa no seki o onegai shimasu
媽都嘎哇 諾 誰克伊 歐 歐內嘎伊 西媽酥

請傳真地圖給我。
地図をファックスしてください。（ちず）
chizu o fakkusu shite kudasai
七茲歐 發ㄟ枯酥 西貼 枯答沙伊

T-110

6 進入餐廳

我姓李。預約7點。

李（リー）です。7時（しちじ）に予約（よやく）してあります。

ril desu, shichiji ni yoyakushite arimasu

里~ 爹酥， 西七基 尼 悠呀枯西貼 阿里媽酥

四人。

4人（よにん）です。

yonin desu

悠尼恩 爹酥

有非吸煙區嗎？

禁煙席（きんえんせき）はありますか。

kinenseki wa arimasuka

克伊恩耶恩誰克伊 哇 阿里媽酥卡

沒有預約。

予約（よやく）してありません。

yoyakushite arimasen

悠呀枯西貼 阿里媽誰恩

要等多久？

どれくらい待（ま）ちますか。

dorekurai machimasuka

都累枯拉伊 媽七媽酥卡

吸煙區	包箱	客滿	有位子
喫煙席（きつえんせき）	個室（こしつ）	満員（まんいん）	空（あ）く
kitsuenseki	koshitsu	manin	aku
克伊豬耶恩誰克伊	寇西豬	媽恩伊恩	阿枯

旅遊日語

T-111

7 點餐

請給我菜單。

メニューを見(み)せてください。

menyuu o misete kudasai

妹牛～ 歐 咪誰貼 枯答沙伊

我要點菜。

注文(ちゅうもん)をお願(ねが)いします。

chuumon o onegai shimasu

七烏～某恩 歐 歐內嘎伊 西媽酥

招牌菜是什麼？

お勧(すす)め料理(りょうり)は何(なん)ですか。

osusumeryoori wa nan desuka

歐酥酥妹溜～里 哇 那恩 爹酥卡

我要＿＿＿。

料理＋にします。

ni shimasu

尼 西媽酥

天婦羅套餐	梅花套餐	A套餐	那個
天(てん)ぷら定食(ていしょく)	梅(うめ)定食(ていしょく)	A(エー)コース	それ
tenpura teeshoku	ume teeshoku	ee koosu	sore
貼恩撲拉 貼~休枯	烏妹 貼~休枯	耶~ 寇~酥	搜累

T-112

8 點飲料

飲料呢？

Q：お飲(の)み物(もの)は？

onomimono wa

歐諾咪某諾 哇

給我＿＿＿。

A：飲料＋を＋數量＋ください。

o　kudasai

歐　枯答沙伊

啤酒　兩杯	果汁　一杯	咖啡　三杯	紅茶　一杯
ビール／二(ふた)つ	ジュース／一(ひと)つ	コーヒー／三(みっ)つ	紅茶(こうちゃ)／一(ひと)つ
biiru futatsu	juusu hitotsu	koohii mittsu	koocha hitotsu
逼~魯 夫它豬	啾~酥 喝伊豆豬	寇~喝伊~ 咪ㄟ豬	寇~洽 喝伊豆豬

飲料要飯前還是飯後送？

お飲(の)み物(もの)は食前(しょくぜん)ですか、食後(しょくご)ですか。

onomimono wa shokuzen desuka,shokugo desuka

歐諾咪某諾 哇 休枯瑞恩 爹酥卡，休枯勾 爹酥卡

請飯後再上。

食後(しょくご)にお願(ねが)いします。

shokugo ni onegai shimasu

休枯勾 尼 歐內嘎伊 西媽酥

旅遊日語

T-113

9 進餐後付款

麻煩結帳。

お勘定(かんじょう)をお願(ねが)いします。

okanjoo o onegai shimasu

歐卡恩久～ 歐 歐内嘎伊 西媽酥

請分開結帳。

別々(べつべつ)でお願(ねが)いします。

betsubetsu de onegai shimasu

貝豬貝豬 爹 歐内嘎伊 西媽酥

請一次付清。

一括(いっかつ)でお願(ねが)いします。

ikkatsu de onegai shimasu

伊ㄟ卡豬 爹 歐内嘎伊 西媽酥

我要刷卡。

カードでお願(ねが)いします。

kaado de onegai shimasu

卡～都 爹 歐内嘎伊 西媽酥

謝謝您的招待。

ご馳走様(ちそうさま)でした。

gochisoosama deshita

勾七搜～沙媽 爹西它

點菜	費用	現金	付錢
注文(ちゅうもん)	費用(ひよう)	現金(げんきん)	払(はら)う
chuumon	hiyoo	genkin	harau
七烏～某恩	喝伊悠～	給恩克伊恩	哈拉烏

4. 交通

T-114

1 坐電車

我想到 ___ 。

場所+まで行(い)きたいです。

made ikitai desu

媽爹 伊克伊它伊 爹酥

澀谷車站	原宿車站
渋谷駅(しぶやえき)	原宿駅(はらじゅくえき)
shibuya eki	harajuku eki
西布呀 耶克伊	哈拉啾枯 耶克伊

旅遊日語

下一班電車幾點到？

次(つぎ)の電車(でんしゃ)は何時(なんじ)ですか。

tsugi no densha wa nanji desuka

豬哥伊 諾 爹恩蝦 哇 那恩基 爹酥卡

會停秋葉原車站嗎？

秋葉原駅(あきはばらえき)にとまりますか。

akihabara eki ni tomarimasuka

阿克伊哈拔拉 耶克伊 尼 豆媽里媽酥卡

在品川車站換車嗎？

品川駅(しながわえき)で乗(の)り換(か)えますか。

shinagawa eki de norikaemasuka

西那嘎哇 耶克伊 爹 諾里卡耶媽酥卡

下一站哪裡？

次(つぎ)の駅(えき)はどこですか。

tsugi no eki wa doko desuka

豬哥伊 諾 耶克伊 哇 都寇 爹酥卡

2 坐公車

公車站在哪裡？

バス停(てい)はどこですか。

basutee wa doko desuka

拔酥貼～ 哇 都寇 爹酥卡

這台公車有到東京車站嗎？

このバスは東京駅(とうきょうえき)へ行(い)きますか。

kono basu wa tookyoo eki e ikimasuka

寇諾 拔酥 哇 豆～卡悠～ 耶克伊 耶 伊克伊媽酥卡

幾號公車能到？

何番(なんばん)のバスが行(い)きますか。

nanban no basu ga ikimasuka

那恩拔恩 諾 拔酥 嘎 伊克伊媽酥卡

東京車站在第幾站？

東京駅(とうきょうえき)はいくつ目(め)ですか。

tookyoo eki wa ikutume desuka

豆～卡悠～ 耶克伊 哇 伊枯豬妹 爹酥卡

到了請告訴我。

着(つ)いたら教(おし)えてください。

tsuitara oshiete kudasai

豬伊它拉 歐西耶貼 枯答沙伊

路線圖	往	乘車券	門
路線図(ろせんず)	行(い)き	乗車券(じょうしゃけん)	ドア
rosenzu	iki	jooshaken	doa
落誰恩茲	伊克伊	久～蝦克耶恩	都阿

3 坐計程車

請到　　　　。

場所+までお願いします。

made onegai shimasu

媽爹 歐内嘎伊 西媽酥

王子飯店	上野車站
プリンスホテル	上野駅
purinsu hoteru	ueno eki
撲里恩酥 后貼魯	烏耶諾 耶克伊

這裡(拿紙給對方看)

ここ(紙を見せる)

koko (kami o miseru)

寇寇 (卡咪 歐 咪誰魯)

到那裡要花多少時間？

そこまでどれくらいかかりますか。

soko made dorekurai kakarimasuka

搜寇 媽爹 都累枯拉伊 卡卡里媽酥卡

請右轉。

右に曲がってください。

migi ni magatte kudasai

咪哥伊 尼 媽嘎ㄟ貼 枯答沙伊

這裡就可以了。

ここでいいです。

koko de iidesu

寇寇 爹 伊～爹酥

T-117

4 租車子

我想租車。

くるま　か
車を借りたいです。
kuruma o karitai desu
枯魯媽 歐 卡里它伊 爹酥

押金多少錢？

ほしょうきん
保証金はいくらですか。
hoshookin wa ikura desuka
后休~克伊恩 哇 伊枯拉 爹酥卡

有附保險嗎？

ほけん
保険はついていますか。
hoken wa tsuite imasuka
后克耶恩 哇 豬伊貼 伊媽酥卡

車子故障了。

くるま　こしょう
車が故障しました。
kuruma ga koshoo shimashita
枯魯媽 嘎 寇休~ 西媽西它

這台車還你。

くるま　かえ
この車を返します。
kono kuruma o kaeshimasu
寇諾 枯魯媽 歐 卡耶西媽酥

租車	國際駕駛執照	契約書	爆胎
レンタカー	こくさいうんてん めんきょしょう 国際運転 免許証	けいやくしょ 契約書	パンク
rentakaa	kokusaiunten menkyoshoo	keeyakusho	panku
累恩它卡~	寇枯沙伊烏恩貼恩 妹恩卡悠休~	客~呀枯休	趴恩枯

5 迷路了

上野車站在哪裡？

上野駅(うえのえき)はどこですか。

ueno eki wa doko desuka

烏耶諾 耶克伊 哇 都寇 爹酥卡

請沿這條路直走。

この道(みち)をまっすぐ行(い)ってください。

kono michi o massugu itte kudasai

寇諾 咪七 歐 媽ㄟ酥估 伊ㄟ貼 枯答沙伊

請在下一個紅綠燈處右轉。

次(つぎ)の信号(しんごう)を右(みぎ)に曲(ま)がってください。

tsugi no shingoo o migi ni magatte kudasai

豬哥伊 諾 西恩勾~ 歐 咪哥伊 尼 媽嘎ㄟ貼 枯答沙伊

上野車站在左邊。

上野駅(うえのえき)は左側(ひだりがわ)にあります。

uenoeki wa hidarigawa ni arimsu

烏耶諾耶克伊 哇 喝伊答里嘎哇 尼 阿里媽酥

______ 嗎？

名詞＋は＋形容詞＋ですか？

wa desuka

哇 爹酥卡

車站 遠	那裡 近
駅(えき)／遠(とお)い	そこ／近(ちか)い
eki tooi	soko chikai
耶克伊 豆~伊	搜寇 七卡伊

5. 觀光

T-119

1 在旅遊詢問中心

想＿＿＿。

名詞＋を（へ…）＋動詞＋たいです。
o e tai desu
歐 耶 它伊 爹酥

看 煙火	看 慶典	去 迪士尼樂園
花火(はなび)を／見(み)	お祭(まつり)を／見(み)	ディズニーランドへ／行(い)き
hanabi o mi	omatsuri o mi	dizuniirando e iki
哈那逼 歐 咪	歐媽豬里 歐 咪	低茲尼~拉恩都 耶 伊克伊

請給我地圖

地図(ちず)をください。

chizu o kudasai

七茲 歐 枯答沙伊

博物館現在有開嗎？

博物館(はくぶつかん)は今(いま)開(あ)いていますか。

hakubutsukan wa ima aite imasuka

哈枯布豬卡恩 哇 伊媽 阿伊貼 伊媽酥卡

這裡可以買票嗎？

ここでチケットは買(か)えますか。

koko de chiketto wa kaemasuka

寇寇 爹 七克耶＾豆 哇 卡耶媽酥卡

2 跟旅行團

我要 ＿＿＿＿ 。
名詞＋がいいです。
ga ii desu
嘎 伊～ 爹酥

一日行程	下午行程
一日(いちにち)コース	午後(ごご)コース
ichinichi koosu	gogo koosu
伊七尼七 寇~酥	勾勾 寇~酥

有附餐嗎？
食事(しょくじ)は付(つ)きますか。
shokuji wa tsukimasuka
休枯基 哇 豬克伊媽酥卡

幾點出發？
出発(しゅっぱつ)は何時(なんじ)ですか。
shuppatsu wa nanji desuka
咻～趴豬 哇 那恩基 爹酥卡

幾點回來？
何時(なんじ)に戻(もど)りますか。
nanji ni modorimasuka
那恩基 尼 某都里媽酥卡

旅行團	半天	活動	免費
ツアー	半日(はんにち)	イベント	無料(むりょう)
tsuaa	hannichi	ibento	muryoo
豬阿～	哈恩尼七	伊貝恩豆	母溜～

T-121

③ 拍照

可以＿＿＿嗎？

名詞＋を＋動詞＋もいいですか。
o mo ii desuka
歐 某 伊～ 爹酥卡

照相	抽煙
写真（しゃしん）／撮（と）って	タバコ／吸（す）って
shashin totte	tabako sutte
蝦西恩 豆︿貼	它拔寇 酥︿貼

可以幫我拍照嗎？
写真（しゃしん）を撮（と）っていただけますか。
shashin o totte itadakemasuka
蝦西恩 歐 豆︿貼 伊它答克耶媽酥卡

只要按這裡就行了。
ここを押（お）すだけです。
koko o osu dake desu
寇寇 歐 歐酥 答克耶 爹酥

可以一起照個相嗎？
一緒（いっしょ）に写真（しゃしん）を撮（と）ってもいいですか。
issho ni shashin o tottemo ii desuka
伊︿休 尼 蝦西恩 歐 豆︿貼某 伊～ 爹酥卡

麻煩再拍一張。
もう一枚（いちまい）お願（ねが）いします。
moo ichimai onegai shimasu
某～ 伊七媽伊 歐內嘎伊 西媽酥

T-122

4 到美術館、博物館

＿＿＿呀。

形容詞＋名詞＋ですね。
desune
爹酥内

好棒的 畫	好漂亮的 和服	好傑出的 作品	好壯觀的 建築物
素敵（すてき）な／絵（え）	綺麗（きれい）な／着物（きもの）	すばらしい／作品（さくひん）	すごい／建物（たてもの）
suteki na e	kiree na kimono	subarasii sakuhin	sugoi tatemono
酥貼克伊 那 耶	克伊累~ 那 克伊某諾	酥拔拉西~ 沙枯喝伊恩	酥勾伊 它貼某諾

入場費多少？

入場料（にゅうじょうりょう）はいくらですか。
nyuujooryoo wa ikura desuka
牛～久～溜～ 哇 伊枯拉 爹酥卡

有館内導遊服務嗎？

館内（かんない）ガイドはいますか。
kannai gaido wa imasuka
卡恩那伊 嘎伊都 哇 伊媽酥卡

幾點休館？

何時（なんじ）に閉館（へいかん）ですか。
nanji ni heekan desuka
那恩基 尼 黑～卡恩 爹酥卡

旅遊日語

5 買票

給我＿＿＿。

名詞＋數量＋お願（ねが）いします。

onegai shimasu

歐內嘎伊 西媽酥

成人票　兩張	學生票　一張
大人（おとな）／二枚（にまい）	学生（がくせい）／一枚（いちまい）
otona nimai	gakusee ichimai
歐豆那 尼媽伊	嘎枯誰～ 伊七媽伊

售票處在哪裡？

チケット売（う）り場（ば）はどこですか。

chiketto uriba wa doko desuka

七克耶ㄟ豆 烏里拔 哇 都寇 爹酥卡

學生有折扣嗎？

学生割引（がくせいわりびき）はありますか。

gakusee waribiki wa arimasuka

嘎枯誰～ 哇里逼克伊 哇 阿里媽酥卡

我要一樓的位子。

1階（いっかい）の席（せき）がいいです。

ikkai no seki ga ii desu

伊ㄟ卡伊 諾 誰克伊 嘎 伊～ 爹酥

有沒有更便宜的座位？

もっと安（やす）い席（せき）はありますか。

motto yasui seki wa arimasuka

某ㄟ豆 呀酥伊 誰克伊 哇 阿里媽酥卡

T-124

6 看電影、聽演唱會

想看 　　　　。

名詞＋を見(み)たいです。
o mitai desu
歐 咪它伊 爹酥

電影	音樂會
映画(えいが)	コンサート
eega	konsaato
耶～嘎	寇恩沙～豆

目前受歡迎的電影是哪一部？
今(いま)、人気(にんき)のある映画(えいが)は何(なん)ですか。
ima,ninki no aru eega wa nan desuka
伊媽,尼恩克伊 諾 阿魯 耶～嘎 哇 那恩 爹酥卡

會上映到什麼時候？
いつまで上演(じょうえん)していますか。
itsu made jooen shite imasuka
伊豬 媽爹 久～耶恩 西貼 伊媽酥卡

下一場幾點上映？
次(つぎ)の上映(じょうえん)は何時(なんじ)ですか。
tsugi no jooen wa nanji desuka
豬哥伊 諾 久～耶恩 哇 那恩基 爹酥卡

幾分前可進場？
何分前(なんぷんまえ)に入(はい)りますか。
nanpunmae ni hairimasuka
那恩撲恩媽耶 尼 哈伊里媽酥卡

⑦ 去唱卡拉OK

多少錢。

數量＋いくらですか。

ikura desuka

伊枯拉　爹酥卡

一小時	一個人
一時間(いちじかん)	一人(ひとり)
ichijikan	hitori
伊七基卡恩	喝伊豆里

去卡拉OK吧。

カラオケに行(い)きましょう。

karaoke ni ikimashoo

卡拉歐克耶　尼　伊克伊媽休～

基本消費多少？

基本料金(きほんりょうきん)はいくらですか。

kihonryookin wa ikuradesuka

克伊后恩溜～克伊恩　哇　伊枯拉爹酥卡

可以延長嗎？

延長(えんちょう)はできますか。

enchoo wa dekimasuka

耶恩秋～　哇　爹克伊媽酥卡

遙控器如何使用？

リモコンはどうやって使(つか)いますか。

rimokon wa dooyatte tsukaimasuka

里某寇恩　哇　都～呀乀貼　豬卡伊媽酥卡

T-126

8 去算命

＿的＿如何？

時間＋の＋名詞＋はどうですか。
no　wa doo desuka
諾　哇 都～ 爹酥卡

今年　運勢	明年　財運	這個月　工作運	這星期　愛情運勢
今年（ことし）／運勢（うんせい）	来年（らいねん）／金銭運（きんせんうん）	今月（こんげつ）／仕事運（しごとうん）	今週（こんしゅう）／愛情運（あいじょううん）
kotoshi unsee	rainen kinsenun	kongetsu shigotoun	konshuu aijooun
寇豆西 烏恩誰～	拉伊內恩 克伊恩誰恩烏恩	寇恩給豬 西勾豆烏恩	寇恩咻～ 阿伊久～烏恩

我出生於1972年9月18日

1972年（せんきゅうひゃくななじゅうにねん）9月（くがつ）18日（じゅうはちにち）生（う）まれです。
sen kyuuhyaku nanajuu ni nen kugatsu juuhachinichi umaredesu
誰恩 卡伊烏～喝呀枯 那那啾～ 尼 內恩 枯嘎豬 啾～哈七尼七 烏媽累爹酥

請幫我看看和女朋友（男朋友）合不合。

恋人（こいびと）との相性（あいしょう）を見（み）てください。
koibito tono aishoo o mite kudasai
寇伊逼豆 豆諾 阿伊休～ 歐 咪貼 枯答沙伊

可以買護身符嗎？

お守（まも）りを買（か）えますか。
omamori o kaemasuka
歐媽某里 歐 卡耶媽酥卡

9 夜晚的娛樂

附近有＿＿＿嗎？

ちか
近くに＋場所＋はありますか。
chikaku ni ... wa arimasuka
七卡枯 尼 ... 哇 阿里媽酥卡

酒吧	居酒屋	夜店	爵士酒吧
バー	居酒屋（いざかや）	ナイトクラブ	ジャズクラブ
baa	izakaya	naitokurabu	jazukurabu
拔～	伊雜卡呀	那伊豆枯拉布	甲茲枯拉布

女性要2000日圓。

女性（じょせい）は2000円（にせんえん）です。
josee wa nisenen desu
久誰～ 哇 尼誰恩耶恩 爹酥

音樂不錯呢。

音楽（おんがく）がいいですね。
ongaku ga ii desune
歐恩嘎枯 嘎 伊～ 爹酥內

點菜最晚是幾點？

ラストオーダーは何時（なんじ）ですか。
rasutoooodaa wa nanji desuka
拉酥豆歐～答～ 哇 那恩基 爹酥卡

T-128

10 看棒球

今天有巨人隊的比賽嗎？

今日(きょう)は巨人(きょじん)の試合(しあい)がありますか。

kyoo wa kyojin no shiai ga arimasuka

卡悠～ 哇 卡悠基恩 諾 西阿伊 嘎 阿里媽酥卡

哪兩隊的比賽？

どこ対(たい)どこの試合(しあい)ですか。

doko tai doko no shiai desuka

都寇 它伊 都寇 諾 西阿伊 爹酥卡

請給我兩張一壘附近的座位。

一塁側(いちるいがわ)の席(せき)を２枚(にまい)ください。

ichiruigawa no seki o nimai kudasai

伊七魯伊嘎哇 諾 誰克伊 歐 尼媽伊 枯答沙伊

可以坐這裡嗎？

ここに座(すわ)ってもいいですか。

koko ni suwattemo ii desuka

寇寇 尼 酥哇ㄟ貼某 伊～ 爹酥卡

請簽名。

サインをください。

sain o kudasai

沙伊恩 歐 枯答沙伊

棒球場	夜間棒球賽	三振	全壘打
野球場(やきゅうじょう)	ナイター	三振(さんしん)	ホームラン
yakyuujoo	naitaa	sanshin	hoomuran
呀卡伊烏～久～	那伊它～	沙恩西恩	后～母拉恩

6. 購物

1 買衣服

在找＿＿＿。

衣服＋を探(さが)しています。

o sagashite imasu

歐 沙嘎西貼 伊媽酥

裙子	褲子	外套	T恤
スカート	ズボン	コート	Tシャツ
sukaato	zubon	kooto	tii shatsu
酥卡～豆	茲剝恩	寇～豆	踢 蝦豬

婦女服飾賣場在哪裡？

婦人服売(ふじんふくう)り場(ば)はどこですか。

fujinfuku uriba wa doko desuka

夫基恩夫枯 烏里拔 哇 都寇 爹酥卡

這個如何？

こちらはいかがですか。

kochira wa ikaga desuka

寇七拉 哇 伊卡嘎 爹酥卡

這條褲子如何？

このズボンはどうですか。

kono zubon wa doo desuka

寇諾 茲剝恩 哇 都～ 爹酥卡

T-130

2 試穿衣服

可以　　嗎？

動詞＋もいいですか。

mo ii desuka

某 伊~ 爹酥卡

試穿	摸
試着(しちゃく)して	触(さわ)って
shichakushite	sawatte
西洽枯西貼	沙哇へ貼

那個讓我看一下。

それを見(み)せてください。

sore o misete kudasai

搜累 歐 咪誰貼 枯答沙伊

有點小呢。

ちょっと小(ちい)さいですね。

chotto chiisai desune

秋へ豆 七~沙伊 爹酥內

有沒有白色的？

白(しろ)いのはありませんか。

shiroi no wa arimasenka

西落伊 諾 哇 阿里媽誰恩卡

這是麻嗎？

これは麻(あさ)ですか。

kore wa asa desuka

寇累 哇 阿沙 爹酥卡

3 決定要買

有點長。

ちょっと長(なが)いです。

chotto nagai desu

秋ㄟ豆 那嘎伊 爹酥

長度可以改短一點嗎？

丈(たけ)をつめられますか。

take o tsumeraremasuka

它克耶 歐 豬妹拉累媽酥卡

顏色不錯呢。

色(いろ)がいいですね。

iro ga ii desune

伊落 嘎 伊～ 爹酥內

非常喜歡。

とても気(き)に入(い)りました。

totemo ki ni irimashita

豆貼某 克伊 尼 伊里媽西它

我要這個。

これにします。

kore ni shimasu

寇累 尼 西媽酥

白色	黑色	紅色	藍色
白(しろ)	黒(くろ)	赤(あか)	青(あお)
shiro	kuro	aka	ao
西落	枯落	阿卡	阿歐

T-132

4 買鞋子

想要＿＿＿。

鞋子＋がほしいです。
ga hoshii desu
嘎 后西~ 爹酥

休閒鞋	涼鞋	高跟鞋	靴子
スニーカー	サンダル	ハイヒール	ブーツ
suniikaa	sandaru	haihiiru	buutsu
酥尼~卡~	沙恩答魯	哈伊喝伊~魯	布~豬

太＿＿＿。

形容詞＋すぎます。
sugimasu
酥哥伊媽酥

大	小	長	短
大(おお)き	小(ちい)さ	長(なが)	短(みじか)
ooki	chiisa	naga	mijika
歐~克伊	七~沙	那嘎	咪基卡

5 決定買鞋子

我要＿＿＿。

形容詞の（なの）＋がいいです。

no(nano) + ga ii desu

諾(那諾) + 嘎 伊～ 爹酥

小的	黑的
小(ちい)さい	黒(くろ)い
chiisai	kuroi
七～沙伊	枯落伊

有點緊。

ちょっときついです。

chotto kitsui desu

秋～豆 克伊豬伊 爹酥

最受歡迎的是哪一雙？

一番人気(いちばんにんき)なのはどれですか。

ichiban ninki nano wa dore desuka

伊七拔恩 尼恩克伊 那諾 哇 都累 爹酥卡

請給我這一雙。

これをください。

kore o kudasai

寇累 歐 枯答沙伊

6 買土產

給我＿＿。

數量＋ください。

kudasai

枯答沙伊

一個	一張
一(ひと)つ	一枚(いちまい)
hitotsu	ichimai
喝伊豆豬	伊七媽伊

有沒有適合送人的名產？

お土産(みやげ)にいいのはありますか。

omiyage ni ii no wa arimasuka

歐咪呀給 尼 伊～ 諾 哇 阿里媽酥卡

哪一個較受歡迎？

どれが人気(にんき)ありますか。

dore ga ninki arimasuka

都累 嘎 尼恩克伊 阿里媽酥卡

給我8個同樣的東西。

同(おな)じものを八(やっ)つください。

onaji mono o yattsu kudasai

歐那基 某諾 歐 呀ㄟ豬 枯答沙伊

請分開包裝。

別々(べつべつ)に包(つつ)んでください。

betsubetsu ni tsutsunde kudasai

貝豬貝豬 尼 豬豬恩爹 枯答沙伊

7 討價還價

請＿＿＿。

形容詞＋してください。

shite kudasai

西貼 枯答沙伊

便宜一點	快一點
安（やす）く	早（はや）く
yasuku	hayaku
呀酥枯	哈呀枯

太貴了。

高（たか）すぎます。

takasugimasu

它卡酥哥伊媽酥

2000日圓就買。

2000円（にせんえん）なら買（か）います。

nisenen nara kaimasu

尼誰恩耶恩 那拉 卡伊媽酥

最好是1萬日圓以內的東西。

1万円（いちまんえん）以内（いない）の物（もの）がいいです。

ichimanen inai no mono ga ii desu

伊七媽恩耶恩 伊那伊 諾 某諾 嘎 伊～ 爹酥

那我就不要了。

それでは、いりません。

soredewa,irimasen

搜累爹哇，伊里媽誰恩

T-136

8 付錢

要如何付款？

Q：お支払（しはら）いはどうなさいます。
oshiharai wa doo nasaimasu
歐西哈拉伊 哇 都～那沙伊媽酥卡

麻煩你我用 ＿＿ 。

A：名詞＋でお願（ねが）いします。
de onegai shimasu
爹 歐內嘎伊西媽酥

刷卡	現金
カード	現金（げんきん）
kaado	genkin
卡～都	給恩克伊恩

要分幾次付款？

Q：お支払（しはら）い回数（かいすう）は？
oshiharai kaisuu wa
歐西哈拉伊 卡伊酥～ 哇

＿＿ 。

A：次數＋です。
desu
爹酥

一次	六次
一回（いっかい）	六回（ろっかい）
ikkai	rokkai
伊ㄟ卡伊	落ㄟ卡伊

在哪裡結帳？

レジはどこですか。
reji wa doko desuka
累基 哇 都寇 爹酥卡

請在這裡簽名。

ここにサインをお願（ねが）いします。
koko ni sain o onegai shimasu
寇寇 尼 沙伊恩 歐 歐內嘎伊 西媽酥

7. 日本文化

1 文化及社會

喜歡日本的＿＿＿。

日本(にほん)の＋名詞＋が好(す)きです。

nihon no ＿＿ ga suki desu

尼后恩 諾 ＿＿ 嘎 酥克伊 爹酥

歌	漫畫	連續劇	慶典
歌(うた)	マンガ	ドラマ	お祭(まつり)
uta	manga	dorama	omatsuri
烏它	媽恩嘎	都拉媽	歐媽豬里

對日本的＿＿＿有興趣。

日本(にほん)の＋名詞＋に興味(きょうみ)があります。

nihon no ＿＿ ni kyoomi ga arimasu

尼后恩 諾 ＿＿ 尼 卡悠咪 嘎 阿里媽酥

文化	經濟	藝術	歷史
文化(ぶんか)	経済(けいざい)	芸術(げいじゅつ)	歴史(れきし)
bunka	keezai	geejutsu	rekishi
布恩卡	克耶～雜伊	給～啾豬	累克伊西

T-138

2 日本慶典

在　　　有慶典。

場所＋で＋祭(まつ)り＋があります。
de　ga arimasu
爹　嘎 阿里媽酥

德島 阿波舞	東京 神田祭	札幌 雪祭	青森 驅魔祭
徳島(とくしま)／阿波踊(あわおど)り	東京(とうきょう)／神田(かんだ) 祭(まつり)	札幌(さっぽろ)／雪(ゆき) 祭(まつり)	青森(あおもり)／ねぶた祭(まつり)
tokushima awaodori	tookyoo kandamatsuri	sapporo yukimatsuri	aomori nebutamatsuri
豆枯西媽 阿哇歐都里	豆~卡悠~ 卡恩答媽豬里	沙ㄟ 剖落 尤克伊媽豬里	阿歐某里 內布它媽豬里

是什麼慶典？

どんな祭(まつり)ですか。
donna matsuri desuka
都恩那 媽豬里 爹酥卡

什麼時候舉行？

いつありますか。
itsu arimasuka
伊豬 阿里媽酥卡

怎麼去？

どうやって行(い)きますか。
dooyatte ikimasuka
都～呀ㄟ貼 伊克伊媽酥卡

旅遊日語

3 日本街道

市容很乾淨。

まち
町がきれいですね。

machi ga kiree desune

媽七 嘎 克伊累～ 爹酥內

空氣很好。

くうき
空気がいいですね。

kuuki ga ii desune

枯～克伊 嘎 伊～ 爹酥內

庭院的花很可愛。

にわ　はな
お庭の花がかわいいですね。

oniwa no hana ga kawaii desune

歐尼哇 諾 哈那 嘎 卡哇伊～ 爹酥內

人很親切。

ひと　しんせつ
人が親切ですね。

hito ga shinsetsu desune

喝伊豆 嘎 西恩誰豬 爹酥內

年輕人很時髦。

わかもの
若者はおしゃれですね。

wakamono wa oshare desune

哇卡某諾 哇 歐蝦累 爹酥內

城市風景	中途下車	古老的房子	街角
まちふうけい 町風景	とちゅうげしゃ 途中下車	ふる　いえ 古い家	まちかど 街角
machifuukee	tochuugesha	furui ie	machikado
媽七夫～克耶～	豆七烏～給蝦	夫魯伊 伊耶	媽七卡都

8. 生病了

T-140

1 找醫生

想去看醫生。
医者（いしゃ）に行（い）きたいです。
isha ni ikitai desu
伊蝦 尼 伊克伊它伊 爹酥

請叫醫生來。
医者（いしゃ）を呼（よ）んでください。
isha o yonde kudasai
伊蝦 歐 悠恩爹 枯答沙伊

請叫救護車。
救急車（きゅうきゅうしゃ）を呼（よ）んでください。
kyuukyuusha o yonde kudasai
卡伊烏～卡伊烏～蝦 歐 悠恩爹 枯答沙伊

醫院在哪裡？
病院（びょういん）はどこですか。
byooin wa doko desuka
比悠～伊恩 哇 都寇 爹酥卡

診療時間幾點？
診察時間（しんさつじかん）はいつですか。
shinsatsu jikan wa itsu desuka
西恩沙豬 基卡恩 哇 伊豬 爹酥卡

感冒	心臟病	高血壓	糖尿病
風邪（かぜ）	心臓病（しんぞうびょう）	高血圧（こうけつあつ）	糖尿病（とうにょうびょう）
kaze	shinzoobyoo	kooketsuatsu	toonyoobyoo
卡瑞	西恩宙～比悠～	寇～克耶豬阿豬	豆～牛～比悠～

T-141

2 說出症狀

怎麼了？

Q: どうしましたか？

doo shimashitaka

都~ 西媽西它卡

感到＿＿＿。

A: 症状+がします。

ga shimasu

嘎 西媽酥

吐	發冷	頭暈
吐き気（はけ）	寒気（さむけ）	目眩（めまい）
hakike	samuke	memai
哈 克伊 克耶	沙母克耶	妹媽伊

＿＿＿痛。

身體+が痛（いた）いです。

ga itaidesu

嘎 伊它伊爹酥

頭	肚子
頭（あたま）	お腹（なか）
atama	onaka
阿它媽	歐那卡

T-142

3 接受治療

請躺下來。
横（よこ）になってください。
yoko ni natte kudasai
悠寇 尼 那へ 貼 枯答沙伊

請深呼吸。
深呼吸（しんこきゅう）してください。
shinkokyuu shite kudasai
西恩寇卡伊烏~ 西貼 枯答沙伊

這裡會痛嗎？
この辺（へん）は痛（いた）いですか。
kono hen wa itai desuka
寇諾 黑恩 哇 伊它伊 爹酥卡

食物中毒。
食（しょく）あたりですね。
shokuatari desune
休枯阿它里 爹酥內

開藥方給你。
薬（くすり）を出（だ）します。
kusuri o dashimasu
枯酥里 歐 答西媽酥

好像發燒	很疲倦	流鼻水	打噴嚏
熱（ねつ）っぽい	だるい	鼻水（はなみず）	くしゃみ
netsuppoi	darui	hanamizu	kushami
內豬へ剖伊	答魯伊	哈那咪茲	枯蝦咪

4 到藥局拿藥

一天請服三次藥。

薬（くすり）は一日三回（いちにちさんかい）飲（の）んでください。

kusuri wa ichinichi sankai nonde kudasai

枯酥里 哇 伊七尼七 沙恩卡伊 諾恩爹 枯答沙伊

請在飯後服用。

食後（しょくご）に飲（の）んでください。

shokugo ni nonde kudasai

休枯勾 尼 諾恩爹 枯答沙伊

請將這個軟膏塗抹在傷口上。

この軟膏（なんこう）を傷（きず）に塗（ぬ）りなさい。

kono nankoo o kizu ni nurinasai

寇諾 那恩寇～ 歐 克伊茲 尼 奴里那沙伊

請多保重。

お大事（だいじ）に。

odaiji ni

歐答伊基 尼

請開診斷書給我。

診断書（しんだんしょ）をお願（ねが）いします。

shindansho o onegai shimasu

西恩答恩休 歐 歐內嘎伊 西嫣酥

感冒藥	胃腸藥	鎮痛劑	眼藥水
風邪薬（かぜぐすり）	胃腸薬（いちょうぐすり）	鎮痛剤（ちんつうざい）	目薬（めぐすり）
kazegusuri	ichooyaku	chintsuuzai	megusuri
卡瑞估酥里	伊秋～呀枯	七恩豬～雜伊	妹估酥里

9. 遇到麻煩

T-144

1 東西不見了

＿＿不見了。

物＋をなくしました。

o nakushimashita

歐 那枯西媽西它

護照	相機	手提包	房間鑰匙
パスポート	カメラ	かばん	部屋（へや）の鍵（かぎ）
pasupooto	kamera	kaban	heya no kagi
趴酥剖~豆	卡妹拉	卡拔恩	黑呀 諾 卡哥伊

＿＿忘在＿＿了。

場所＋に＋物＋を忘（わす）れました。

ni　o wasuremashita

尼　歐 哇酥累媽西它

行李　電車	鑰匙　房間	電腦　計程車
電車（でんしゃ）／荷物（にもつ）	部屋（へや）／鍵（かぎ）	タクシー／パソコン
densha nimotsu	heya kagi	takushii pasokon
爹恩蝦　尼某豬	黑呀 卡哥伊	它枯西~ 趴搜寇恩

② 東西被偷了

被偷了。

物＋を盗(ぬす)まれました。
o nusumaremashita
歐 奴酥媽累媽西它

錢包	信用卡	行李箱	戒指
財布(さいふ)	クレジットカード	スーツケース	指輪(ゆびわ)
saifu	kurejitto kaado	suutsukeesu	yubiwa
沙伊夫	枯累基へ豆 卡~都	酥~豬克耶~酥	尤逼哇

犯人是。

犯人(はんにん)は＋人＋です。
hannin wa desu
哈恩尼恩 哇 爹酥

年輕男性	矮個子的男性
若(わか)い男(おとこ)	背(せ)の低(ひく)い男(おとこ)
wakai otoko	se no hikui otoko
哇卡伊 歐豆寇	誰 諾 喝伊枯伊 歐豆寇

長髮的女性	帶著眼鏡的女性
髪(かみ)の長(なが)い女(おんな)	めがねをかけた女(おんな)
kami no nagai onna	megane o kaketa onna
卡咪 諾 那嘎伊 歐恩那	妹嘎內 歐 卡克耶它 歐恩那

T-146

3 在警察局

東西弄丟了。

落し物しました。（おと もの）

otoshimono o shimashita

歐豆西某諾 歐 西媽西它

黑色包包。

黒いかばんです。（くろ）

kuroi kaban desu

枯落伊 卡拔恩 爹酥

裡面有錢包和信用卡。

財布とカードが入っています。（さいふ／はい）

saifu to kaado ga haitte imasu

沙伊夫 豆 卡～都 嘎 哈伊ㄟ貼 伊媽酥

希望能幫我打電話給發卡公司。

カード会社に電話してほしいです。（かいしゃ／でんわ）

kaado gaisha ni denwashite hoshii desu

卡～都 嘎伊蝦 尼 爹恩哇西貼 后西～ 爹酥

請填寫遺失表格。

紛失届けを書いてください。（ふんしつとど／か）

funshitutodoke o kaite kudasai

夫恩西豬豆都克耶 歐 卡伊貼 枯答沙伊

警察	身分證	護照	補發
警察（けいさつ）	身分証明書（みぶんしょうめいしょ）	パスポート	再発行（さいはっこう）
keesatsu	mibunshoomeesho	pasupooto	saihakkoo
克耶～沙豬	咪布恩休～妹～休	趴酥剖～豆	沙伊哈ㄟ寇～

旅遊日語

Note

附　錄

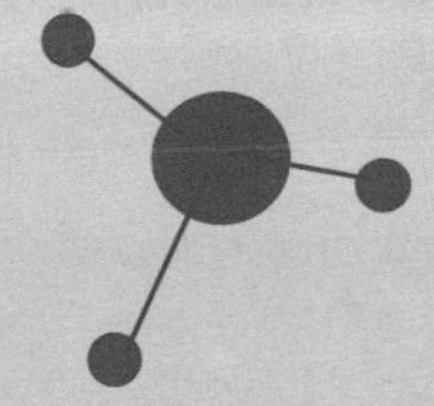

基本單字

1. 數字（一）

1（いち）	1	ichi
2（に）	2	ni
3（さん）	3	san
4（よん/し）	4	yon/ shi
5（ご）	5	go
6（ろく）	6	roku
7（なな/しち）	7	nana / shichi
8（はち）	8	hachi
9（く／きゅう）	9	ku / kyuu
10（じゅう）	10	juu
11（じゅういち）	11	juuichi
12（じゅうに）	12	juuni
13（じゅうさん）	13	juusan
14（じゅうよん／じゅうし）	14	juuyon / juushi
15（じゅうご）	15	juugo
16（じゅうろく）	16	juuroku
17（じゅうしち／じゅうなな）	17	juushichi / juunana
18（じゅうはち）	18	juuhachi
19（じゅうく／じゅうきゅう）	19	juuku / juukyuu
20（にじゅう）	20	nijuu
30（さんじゅう）	30	sanjuu
40（よんじゅう）	40	yonjuu
50（ごじゅう）	50	gojuu
60（ろくじゅう）	60	rokujuu
70（ななじゅう）	70	nanajuu
80（はちじゅう）	80	hachijuu
90（きゅうじゅう）	90	kyuujuu
100（ひゃく）	100	hyaku

101（ひゃくいち）	101	hyakuichi
102（ひゃくに）	102	hyakuni
103（ひゃくさん）	103	hyakusan
200（にひゃく）	200	nihyaku
300（さんびゃく）	300	sannbyaku
400（よんひゃく）	400	yonhyaku
500（ごひゃく）	500	gohyaku
600（ろっぴゃく）	600	roppyaku
700（ななひゃく）	700	nanahyaku
800（はっぴゃく）	800	happyaku
900（きゅうひゃく）	900	kyuuhyaku
1000（せん）	1000	sen
2000（にせん）	2000	nisen
5000（ごせん）	5000	gosen
10000（いちまん）	10000	ichiman

2. 數字（二）

一(ひと)つ	一個	hitotsu
二(ふた)つ	二個	futatsu
三(みっ)つ	三個	mittsu
四(よっ)つ	四個	yottsu
五(いつ)つ	五個	itsutsu
六(むっ)つ	六個	muttsu
七(なな)つ	七個	nanatsu
八(やっ)つ	八個	yattsu
九(ここの)つ	九個	kokonotsu
十(とお)	十個	too
いくつ	幾個	ikutsu

3. 月份

一月（いちがつ）	一月	ichigatsu
二月（にがつ）	二月	nigatsu
三月（さんがつ）	三月	sangatsu
四月（しがつ）	四月	shigatsu
五月（ごがつ）	五月	gogatsu
六月（ろくがつ）	六月	rokugatsu
七月（しちがつ）	七月	shichigatsu
八月（はちがつ）	八月	hachigatsu
九月（くがつ）	九月	kugatsu
十月（じゅうがつ）	十月	juugatsu
十一月（じゅういちがつ）	十一月	juuichigatsu
十二月（じゅうにがつ）	十二月	juunigatsu
何月（なんがつ）	幾月	nangatsu

4. 星期

日曜日（にちようび）	星期日	nichiyoobi
月曜日（げつようび）	星期一	getsuyoobi
火曜日（かようび）	星期二	kayoobi
水曜日（すいようび）	星期三	suiyoobi
木曜日（もくようび）	星期四	mokuyoobi
金曜日（きんようび）	星期五	kinyoobi
土曜日（どようび）	星期六	doyoobi
何曜日（なんようび）	星期幾	nanyoobi

5. 時間

一時（いちじ）	一點	ichiji
二時（にじ）	兩點	niji
三時（さんじ）	三點	sanji
四時（よじ）	四點	yoji
五時（ごじ）	五點	goji
六時（ろくじ）	六點	rokuji

七時（しちじ）	七點	shichiji/ nanaji
八時（はちじ）	八點	hachiji
九時（くじ）	九點	kuji
十時（じゅうじ）	十點	juuji
十一時（じゅういちじ）	十一點	juuichiji
十二時（じゅうにじ）	十二點	juuniji
一時十五分（いちじじゅうごふん）	一點十五分	ichijijuugofun
一時三十分（いちじさんじゅっぷん）	一點三十分	ichijisanjuppun
一時四十五分（いちじよんじゅうごふん）	一點四十五分	ichijiyonjuugofun
二時十五分（にじじゅうごふん）	兩點十五分	nijijuugofun
二時半（にじはん）	兩點半	nijihan
二時四十五分（にじよんじゅうごふん）	兩點四十五分	nijiyonjuugofun
三時半（さんじはん）	三點半	sanjihan
四時半（よじはん）	四點半	yojihan
五時半（ごじはん）	五點半	gojihan
六時十五分前（ろくじじゅうごふんまえ）	六點十五分前	okujijuugofunmae
七時ちょうど（しちじ）	七點整	shichijichoodo
八時五分過ぎ（はちじごふんす）	八點過五分	hachijigofunsugi
何時何分（なんじなんぷん）	幾點幾分	nanjinanpun

附錄

一、機場

1. 在機場

空港（くうこう）	機場	kuukoo
航空会社（こうくうがいしゃ）	航空公司	kookuugaisha
出国準備（しゅっこくじゅんび）	準備出境	shukkokujunbi
チェックイン	登機登記	chekkuin
エコノミークラス	經濟艙	ekonomiikurasu
ビジネスクラス	商務艙	bijinesukurasu

ファーストクラス	頭等艙	faasutokurasu
窓側席	靠窗座位	madogawaseki
通路側席	走道邊座位	tsuurogawaseki
禁煙席	禁煙座位	kinenseki
荷物	行李	nimotsu
手荷物	手提行李	tenimotsu
クレイムタグ	托運牌	kureemudagu
搭乗カード	登機證	toojookaado
搭乗ゲート	登機門	toojoogeeto
パスポート	護照	pasupooto
出国カード	出境卡	shukkokukaado
入国カード	入境卡	nyuukokukaado
免税店	免稅店	menzeeten
税関	海關	zeekan
乗客	乘客	jookyaku
セキュリティチェック	安全檢查	sekyuritichekku
X 線	X光	ekususen

2. 機內服務

機長	機長	kichoo
キャビンアテンダント	空中小姐	kyabinatendanto
乗務員	空服員	joomuin
乗客	乘客	jookyaku
新聞	報紙	shinbun
雑誌	雜誌	zasshi
飲み物	飲料	nomimono
シートベルト	安全帶	shiitoberuto
非常口	緊急出口	hijooguchi
化粧室	化妝室	keshooshitsu

使用中	使用中	shiyoochuu
空き	空的	aki
トイレットペーパー	衛生紙	toirettopeepaa
酸素マスク	氧氣罩	sansomasuku
救命胴衣	救生衣	kyuumeedooi
吐き袋	嘔吐袋	hakibukuro
着陸	著地	chakuriku
現地時間	當地時間	genchijikan
時差	時差	jisa
現地気温	當地氣溫	genchikion

3. 通關

外国人	外國人	gaikokujin
日本人	日本人	nihonjin
待合室	候客室	machiaishitsu
出入国管理	出入境管理	shutsunyuukokukanri
並ぶ	排隊	narabu
居住者	居住者	kyojuusha
非居住者	非居住者	hikyojuusha
入国する	入境	nyuukokusuru
入国目的	入境目的	nyuukokumokuteki
親戚	親戚	shinseki
留学生	留學生	ryuugakusee
学生証	學生證	gakuseeshoo
観光する	觀光	kankoosuru
ビジネス	商務	bijinesu
訪問する	訪問	hoomonsuru
申告カード	申報卡	shikokukaado
持ち込み禁止品	違禁品	mochikomikinshihin

身の回り品	隨身物品	mi no mawarihin
手荷物	手提行李	tenimotsu
プレゼント	禮物	purezento
お土産	名產	omiyage
4. 換錢		
両替する	換錢	ryoogaesuru
両替所	換錢處	ryoogaejo
銀行	銀行	ginkoo
為替	匯率	kawase
レート	匯率	reeto
札	紙鈔	satsu
小銭	零錢	kozeni
コイン	硬幣	koin
日本円	日幣	nihonen
アメリカドル	美金	amerikadoru
ポンド	英磅	pondo
台湾ドル	台幣	taiwandoru
北京人民幣	北京人民幣	pekkinjinminhee
現金	現金	genkin
トラベラーズチェック	旅行支票	toraberaazuchekku
両替申込書	換錢申請書	ryoogaemooshikomisho
サイン	簽名	sain
身分証明書	身份證	mibunshoomeesho
5. 打電話		
国際電話	國際電話	kokusaidenwa
市内電話	市內電話	shinaidenwa
長距離電話	長途電話	chookyoridenwa
携帯電話	手機	keetaidenwa

電話番号（でんわばんごう）	電話號碼	denwabangoo
電話（でんわ）する	打電話	denwasuru
公衆（こうしゅう） 電話（でんわ）	公用電話	kooshuudenwa
国番号（くにばんごう）	國碼	kunibangoo
指名通話（しめいつうわ）	指名電話	shimeetsuwa
コレクトコール	對方付費電話	korekutokooru
テレホンカード	電話卡	terehonkaado
市外局番（しがいきょくばん）	區域號碼	shigaikyokuban
イエローページ	黃皮電話簿	ieroopeeji

6. 郵局

郵便局（ゆうびんきょく）	郵局	yuubinkyoku
切手（きって）	郵票	kitte
封筒（ふうとう）	信封	fuutoo
手紙（てがみ）	信件	tegami
葉書（はがき）	明信片	hagaki
小包（こづつみ）	包裹	kozutsumi
航空便（こうくうびん）	空運	kookuubin
船便（ふなびん）	船運	funabin
書留（かきとめ）	掛號	kakitome
速達（そくたつ）	限時	sokutatsu

7. 機場交通

リムジンバス	機場巴士	rimujinbasu
エアポートバス	機場巴士	eapootobasu
タクシー乗（の）り場（ば）	計程車乘車處	takushiinoriba
J R（ジェーアール） 乗（の）り場（ば）	JR乘車處	jeeaaru noriba
地下鉄（ちかてつ）	地下鐵	chikatetsu
切符（きっぷ）	車票	kippu
運賃（うんちん）	乘車票價	unchin
切符売場（きっぷうりば）	售票處	kippuuriba

入り口（いりぐち）	入口	iriguchi
出口（でぐち）	出口	deguchi
非常口（ひじょうぐち）	緊急出口	hijooguchi
路線図（ろせんず）	路線圖	rosenzu

二、到飯店

1. 在櫃臺

宿泊施設（しゅくはくしせつ）	飯店設施	shukuhakushisetsu
ホテル	飯店	hoteru
旅館（りょかん）	旅館	ryokan
民宿（みんしゅく）	民宿	minshuku
ビジネスホテル	商務飯店	bijinesuhoteru
ラブホテル	賓館	rabuhoteru
空室（くうしつ）	有空房	kuushitsu
満室（まんしつ）	房間客滿	manshitsu
シングル	單人房	shinguru
ダブル	雙人房	daburu
予約（よやく）あり	有預約	yoyakuari
予約（よやく）なし	沒有預約	yoyakunashi
料金（りょうきん）	費用	ryookin
チェックイン	登記住宿	chekkuin
チェックアウト	退房	chekkuauto
シャワー付（つ）き	附淋浴	shawaatsuki
トイレ付（つ）き	附廁所	toiretsuki
赤（あか）ちゃん用（よう）ベッド	嬰兒用床	akachanyoobeddo
和室（わしつ）	日式房間	washitsu
洋室（ようしつ）	洋式房間	yooshitsu
朝食（ちょうしょく）	早餐	chooshoku
安（やす）い	便宜	yasui

日文	中文	讀音
高(たか)い	貴	takai
クレジットカード	信用卡	kurejittokaado
預(あず)かり物(もの)	寄存物	azukarimono
メッセージ	留言	messeeji
貴重品(きちょうひん)	貴重物品	kichoohin
モーニングコール	叫醒服務	mooningukooru
宿泊(しゅくはく)カード	住宿卡	shukuhakukaado
税金(ぜいきん)	稅金	zeekin
サービス料金(りょうきん)	服務費	saabisuryookin
含(ふく)む	包含	fukumu
鍵(かぎ)	鑰匙	kagi
新聞(しんぶん)	報紙	shinbun
タオル	毛巾	taoru
バー	酒吧	baa
食堂(しょくどう)	食堂	shokudoo
レストラン	餐廳	resutoran
何階(なんがい)	幾樓	nangai
立(た)ち入(い)り禁止(きんし)	禁止進入	tachiirikinshi

2.住宿中

日文	中文	讀音
シャワールーム	沖浴室	shawaaruumu
冷蔵庫(れいぞうこ)	冰箱	reezooko
ミニバー	小酒吧	minibaa
テレビ	電視	terebi
エアコン	冷氣	eakon
蛇口(じゃぐち)	水龍頭	jaguchi
トイレ	廁所	toire
灰皿(はいざら)	煙灰缸	haizara
ドライヤー	吹風機	doraiyaa
歯(は)ブラシ	牙刷	haburashi
石鹸(せっけん)	肥皂	sekken

歯磨き粉（はみがこ）	牙膏	hamigakiko
髭剃り（ひげそ）	刮鬍刀	higesori
シャンプー	洗髮精	shanpuu
リンス	潤絲精	rinsu
シャワーキャップ	浴帽	shawaakyappu
タオル	毛巾	taoru
バスタオル	浴巾	basutaoru
目覚し時計（めざまどけい）	鬧鐘	mezamashidokee
アイロン	熨斗	airon
水（みず）	水	mizu
押す（お）	推	osu
引く（ひ）	拉	hiku
故障する（こしょう）	故障	koshoosuru
詰まる（つ）	塞住	tsumaru
反応がない（はんのう）	沒有反應	hannooga nai

3. 客房服務

ルームサービス	客房服務	ruumusaabisu
洗濯する（せんたく）	洗衣服	sentakusuru
荷物（にもつ）	行李	nimotsu
運ぶ（はこ）	搬運	hakobu
掃除する（そうじ）	打掃	soojisuru
チップ	小費	chippu
朝食（ちょうしょく）	早餐	chooshoku
昼食（ちゅうしょく）	中餐	chuushoku
夕 食（ゆうしょく）	晚餐	yuushoku
食事券（しょくじけん）	餐券	shokujiken
和食（わしょく）	日式餐點	washoku
洋食（ようしょく）	西式餐點	yooshoku
有料チャネル（ゆうりょう）	收費頻道	yuuryoochaneru

無料チャネル	免費頻道	muryoochaneru
リモコン	遙控	rimokon
飲み物	飲料	nomimono
食べ物	食物	tabemono
栓抜き	開瓶器	sennuki

4. 退房

チェックアウト	退房	chekkuauto
クレジットカード	信用卡	kurejitokaado
現金	現金	genkin
お釣り	找錢	otsuri
税金	稅金	zeekin
含む	包含	fukumu
サイン	簽名	sain
お願いします	麻煩您	onegai shimasu
返す	歸還	kaesu
領収書	收據	ryooshuusho
タイトル	抬頭	taitoru
封筒	信封	fuutoo
入れる	放入	ireru

三、用餐

1. 逛商店街

商店街	商店街	shootengai
スーパー	超市	suupaa
デパート	百貨公司	depaato
コンビニ	便利商店	konbini
桜銀座	櫻花商店街	sakuraginza
肉屋	肉店	nikuya
魚屋	海鮮店	sakanaya

パチンコ屋（や）	柏青哥店	pachinkoya
交番（こうばん）	派出所	kooban
お巡（まわ）りさん	巡察	omawarisan

2. 在速食店

ハンバーガー	漢堡	hanbaagaa
サンド	三明治	sando
ドリンク	飲料	dorinku
コーラ	可樂	koora
コーヒー	咖啡	koohii
アイス	冰	aisu
ストロー	吸管	sutoroo
持（も）ち帰（かえ）り	外帶	mochikaeri
一万円（いちまんえん）で	給你一萬日幣	ichimanende
お釣（つ）り	找錢	otsuri

3.在便利商店

レジ	收銀台	reji
領収書（りょうしゅうしょ）	收據	ryooshuusho
日用品（にちようひん）	日常用品	nichiyoohin
ドリンク	飲料	dorinku
パン	麵包	pan
男性誌（だんせいし）	男士雜誌	danseeshi
女性誌（じょせいし）	女士雜誌	joseeshi
新聞（しんぶん）	報紙	shinbun
雑誌（ざっし）	雜誌	zasshi
コピー	拷貝	kopii
ファックス	傳真	fakkusu
タバコ	香菸	tabako
ライター	打火機	raitaa
お酒（さけ）	日本清酒	osake

附錄

4. 找餐廳

日本料理屋（にほんりょうりや）	日本料理店	nihonryooriya
すし屋（や）	壽司店	sushiya
中華料理屋（ちゅうかりょうりや）	中華料理店	chuukaryooriya
らーめん屋（や）	拉麵店	raamenya
料亭（りょうてい）	日本傳統料理店	ryootee
しゃぶしゃぶ	涮涮鍋	shabushabu
焼き肉屋（やきにくや）	烤肉店	yakinikuya
洋食（ようしょく）	西式餐點	yooshoku
和食（わしょく）	日式餐點	washoku
レストラン	餐廳	resutoran

5.打電話預約

予約したい（よやく）	想預約	yoyakushitai
明日（あした）	明天	achita
夜（よる）	晚上	yoru
二人（ふたり）	兩人	futari
七時（しちじ）	七點	shichiji/ nanaji
ベジタリアン	素食者	bejitarian
和食（わしょく）	日式餐點	washoku
お名前（なまえ）	芳名	onamae
連絡先（れんらくさき）	聯絡處	renrakucaki
電話番号（でんわばんごう）	電話號碼	denwabangoo

6.進入餐廳

予約あり（よやく）	有預約	yoyakuari
禁煙席（きんえんせき）	禁煙座位	kinenseki
喫煙席（きつえんせき）	吸煙座位	kitsuenseki
窓際（まどぎわ）	靠窗	madogiwa
相席（あいせき）	同桌座位	aiseki
大きい（おお）	大的	ookii

テーブル	桌子	teeburu
静(しず)かな	安靜的	shizukana
席(せき)	座位	seki
いす	椅子	isu

7. 點餐

メニュー	菜單	menyuu
おすすめ料理(りょうり)	推薦料理	osusumeryoori
有名(ゆうめい)な	有名的	yuumeena
人気(にんき)	有人氣的	ninki
注文(ちゅうもん)する	點菜	chuumoosuru
ベジタリアン	素食者	bejitarian
洋食(ようしょく)	西式餐點	yooshoku
和食(わしょく)	日式餐點	washoku
中華料理(ちゅうかりょうり)	中華料理	chuukaryoori
フランス料理(りょうり)	法國餐	furansuryoori
イタリア料理(りょうり)	義大利餐	itariaryoori
ピザ	披薩	piza
ハンバーグ	漢堡肉	hanbaagu
定食(ていしょく)	套餐	teeshoku
A(エー)コース	A套餐	ee koosu
ビール	啤酒	biiru
飲(の)み物(もの)	飲料	nomimono
コーヒー	咖啡	koohii
紅茶(こうちゃ)	紅茶	koocha
デザート	點心	dezaato
食前(しょくぜん)	餐前	shokuzen
食後(しょくご)	餐後	shokugo
お冷(ひ)や	冰水	ohiya
一品料理(いっぴんりょうり)	上等料理	ippinryoori
お箸(はし)	筷子	ohashi

フォーク	叉子	fooku
ナイフ	餐刀	naifu

8.進餐後付款

クレジットカード	信用卡	kurejittokaado
現金（げんきん）	現金	genkin
サイン	簽名	sain
領収書（りょうしゅうしょ）	收據	ryooshuusho
タイトル	抬頭	taitoru
お釣（つ）り	找錢	otsuri
部屋（へや）につける	記房間的帳	heyanitsukeru
割（わ）り勘（かん）	各付各的	warikan
いっしょ	一起	issho
計算（けいさん）する	計算	keesansuru

四. 交通

1. 坐電車

切符売場（きっぷうりば）	售票處	kippuuriba
地下鉄（ちかてつ）	地下鐵	chikatetsu
電車（でんしゃ）	電車	densha
Ｊ Ｒ線（ジェーアールせん）	JR線	jeeaaru sen
山手線（やまのてせん）	山手線	yamanotesen
環状線（かんじょうせん）	環狀（循環）線	kanjoosen
東海道線（とうかいどうせん）	東海道線	tookaidoosen
新幹線（しんかんせん）	新幹線	shinkansen
快速（かいそく）	快速	kaisoku
特急（とっきゅう）	特急	tokkyuu
急行（きゅうこう）	急行	kyuukoo
駅（えき）	車站	eki
駅員（えきいん）	站員	ekiin

回数券	回數票	kaisuuken
周遊券	周遊券	shuuyuuken
乗車券	乘車券	jooshaken
運賃	乘車票價	unchin
片道	單程	katamichi
往復	來回	oofuku
大人	成人	otona
子ども	孩童	kidomo
緑の窓口	綠色窗口（旅遊中心）	midorinomadoguchi
旅行センター	旅遊中心	ryokoosentaa
職員	職員	shokuin
申込み書	申請書	mooshikomisho
寝台車	附睡床列車	shindaisha
指定席	對號座位	shiteeseki
自由席	自由座位	jiyuuseki

2. 坐巴士

はとバス	機場巴士	hatobasu
日帰りツアー	當日回來旅遊	higaeritsuaa
半日バスツアー	半天巴士旅遊	hannichibasutsuaa
観光バスツアー	觀光巴士旅遊	kankoobasutsuaa
バス待ち合わせ時刻	公車時刻表	basumachiawasejikoku
バス料金	公車費用	basuryookin
学生 料金	學生票	gakuseeryookin
高齢者	高齡者	kooreesha
バスガイド	公車導遊	basugaido
パンフレット	指南小冊子	panfuretto

3. 坐計程車

タクシー	計程車	takushii
初乗り料金(はつのりりょうきん)	啓程價	hatsunoriryookin
運転手(うんてんしゅ)	司機	untenshu
行き先(いきさき)	前往目的地	yukisaki
目的地(もくてきち)	目的地	mokutekichi
忘れ物(わすれもの)	遺忘的東西	wasuremono
お客様(おきゃくさま)	客人	okyakusama
荷物(にもつ)	行李	nimotsu
領収書(りょうしゅうしょ)	收據	ryooshuusho
料金(りょうきん)	費用	ryookin

4.租車子

国際 免許証(こくさい めんきょしょう)	國際駕照	kokusaimenkyoshoo
申込み書(もうしこみしょ)	申請書	mooshikomisho
貸し渡し契約書(かしわたしけいやくしょ)	交車契約書	kashiwatashikeeyakusho
マニュアル車(しゃ)	手動排檔車	manyuarusha
オートマチック車(しゃ)	自動排檔車	ootomachikkusha
四輪駆動車(よんりんくどうしゃ)	四輪驅動車	yonrinkudoosha
ガソリン	汽油	gasorin
ガソリンスタンド	加油站	gasorinsutando
燃料(ねんりょう)	燃料	nenryoo
無鉛ガソリン(むえん)	無鉛油	muengasorin
左進行(ひだりしんこう)	靠左邊行進	hidarishinkoo
交通ルール違反(こうつう いはん)	違反交通規則	kootsuuruuruihan
返す(かえす)	歸還	kaesu
受託する(じゅたく)	受託、委託	jutakusuru
保険(ほけん)	保險	hoken
高速道路(こうそくどうろ)	高速公路	koosokudooro
料金所(りょうきんじょ)	收費站	ryookinjo

タイヤ交換	更換輪胎	taiyakookan
バッテリー	電池	batterii
充電する	充電	juudensuru
修理工場	修理工廠	shuurikoojoo
保証人	保證人	hoshoonin
ブレーキ	剎車	bureeki
バックミラー	後照鏡	bakkumiraa
左折	左轉	sasetsu
右折	右轉	usetsu

5.迷路了

東京駅	東京車站	tookyooeki
大阪駅	大阪車站	oosakaeki
名古屋駅	名古屋車站	nagoyaeki
地図	地圖	chizu
ホテル	飯店	hoteru
デパート	百貨公司	depaato
街角	街角	machikado
突き当たり	街道盡頭	tsukiatari
交差点	交叉路	koosaten
右に曲がる	右轉	migi ni magaru
左に曲がる	左轉	hidari ni magaru
まっすぐ	直走	massugu
交番	派出所	kooban

五、觀光

1.在旅遊詢問中心

日帰りツアー	當日回來旅遊	higaeritsuaa
半日ツアー	半天旅遊	hanichitsuaa
夜のツアー	夜間旅遊	yoruno tsuaa

市内観光（しないかんこう）	市內觀光	shinaikankoo
バスガイド	巴士導遊	basugaido
申込み書（もうしこ しょ）	申請書	mooshikomisho
写真（しゃしん）	照片	shashin
パンフレット	旅遊指南	panfuretto
帰着する（きちゃく）	回來	kichakusuru
時間（じかん）	時間	jikan
予約する（よやく）	預約	yoyakusuru
大人二人（おとなふたり）	成人兩人	otonafutari
料金（りょうきん）	費用	ryookin

2.到美術館

美 術 館（びじゅつかん）	美術館	bijutsukan
博物館（はくぶつかん）	博物館	hakubutsukan
入場券（にゅうじょうけん）	入場券	nyuujooken
パスポート	通行券	pasupooto
周遊券（しゅうゆうけん）	周遊券	shuuyuuken
開館時間（かいかん じかん）	開館時間	kaikanjikan
閉館時間（へいかん じかん）	休館時間	heekanjikan
大人 料金（おとな りょうきん）	成人費用	otonaryookin
子ども料金（こ りょうきん）	孩童費用	kodomoryookin
撮影禁止（さつえいきん し）	禁止拍照	satsueekinshi
立ち入り禁止（た い きんし）	禁止靠近（進入）	tachiirikinshi
ロッカー	置物箱	rokkaa

3.看電影、聽演唱會

映画館（えいがかん）	電影院	eegakan
コンサート	音樂會	konsaato
入場券（にゅうじょうけん）	入場券	nyuujooken
指定席（していせき）	對號座位	shiteeseki
自由席（じゆうせき）	無對號座位	jiyuuseki

禁煙（きんえん）	禁煙	kinen
食（た）べ物（もの）持参禁止（じさんきんし）	禁止攜帶食物	tabemonojisankinshi
洗面所（せんめんじょ）	化妝室	senmenjo
男性（だんせい）	男性	dansee
女性（じょせい）	女性	josee
撮影禁止（さつえいきんし）	禁止拍照	satsueekinshi

4.去唱卡拉OK

カラオケ	卡拉OK	karaoke
カラオケボックス	卡拉OK包廂	karaokebokkusu
歌（うた）う	唱歌	utau
歌（うた）	歌	uta
一時間（いちじかん） 料金（りょうきん）	一小時費用	ichijikanryookin
リモコン	遙控	rimokon
使（つか）い方（かた）	使用方法	tsukaikata
メニュー	菜單	menyuu
時間（じかん）を延（の）ばす	延長時間	jikano nobasu
領収書（りょうしゅうしょ）	收據	ryooshuusho

5.去算命

占（うらな）い	算命	uranai
手相（てそう）	手相	tesoo
運命（うんめい）	命運	unmee
運勢（うんせい）	運勢	unsee
過去（かこ）	過去	kako
現在（げんざい）	現在	genzai
未来（みらい）	未來	mirai
金運（きんうん）	財運	kinun
恋愛運（れんあいうん）	愛情運	renaiun
仕事運（しごとうん）	事業運	shigotoun
結婚運（けっこんうん）	結婚運	kekkonun

夢占い（ゆめうらな）	夢境占卜	yumeunarai
動物占い（どうぶつうら）	動物占卜	doobutsuuranai
開運グッズ（かいうん）	開運吉祥物	kaiunguzzu
星座（せいざ）	星座	seeza

6.夜晚的娛樂

バー	酒吧	baa
お酒（さけ）	清酒	osake
焼酎（しょうちゅう）	燒酒（日式米酒）	shoochuu
ビール	啤酒	biiru
生ビール（なま）	生啤酒	namabiiru
瓶ビール（びん）	瓶啤酒	binbiiru
赤ワイン（あか）	紅葡萄酒	akawain
白ワイン（しろ）	白葡萄酒	shirowain
ウイスキー	威士忌	uisukii
グラス	杯子	gurasu
おつまみ	下酒菜	otsumami
スナック	小零食	sunakku
ママさん	媽媽桑	mamasan
注文する（ちゅうもん）	點菜	chuumonsuru
氷（こおり）	冰	koori
水（みず）	水	mizu
カラオケ	卡拉OK	karaoke
歌う（うた）	唱歌	uta

7. 看棒球

ピッチャー	投手	picchaa
キャッチャー	捕手	kyacchaa
ファースト	一壘手	faasuto
セカンド	二壘手	sekando
三塁手（さんるいしゅ）	三壘手	sanruishu

外野手	外野手	gaiyashu
内野手	外野手	naiyashu
レフト	右邊（野手）	refuto
ライト	左邊（野手）	raito
安打	安打	anda
ホームラン	全壘打	hoomuran
三振	三振	sanshin
ボール	壞球	booru
ストライク	好球	sutoraiku
アウト	出擊	auto
セーフ	安全（上壘）	seefu
選手	選手	senshu
監督	教練	kantoku
審判	裁判	shinpan
得点	得分	tokuten
応援	支援	ooen
グランド	球場	gurando
野球場	棒球場	yakyuujoo
グラブ	手套	gurabu
野球	棒球	yakyuu
バット	球棒	batto
制服	制服	seefuku
キャップ	帽子	kyappu

六、購物

1. 買衣服

洋服	西服	yoofuku
スーツ	西裝	suutsu
ワンピース	連身裙	wanpiisu

スカート	裙子	sukaato
コート	外套	kooto
ジャケット	外套（西服）	jaketto
ズボン	褲子	zubon
ワイシャツ	白襯衫	waishatsu
Tシャツ（ティー）	T恤	tii shatsu
ジーンズ	牛仔褲	jiinzu
ブラウス	女用衫	burausu
セーター	毛衣	seetaa
羊毛（ようもう）	羊毛	yoomoo
木綿（もめん）	棉製品	momen
ベルト	皮帶	beruto
大きサイズ（おお）	大尺寸	ookisaizu
小さいサイズ（ちい）	小尺寸	chiisaisaizu
Mサイズ（エム）	M尺寸	emu saizu
Lサイズ（エル）	L尺寸	eru saizu
Sサイズ（エス）	S尺寸	esu saizu
L L（エル エル）	LL尺寸	erueru saizu
短い（みじか）	短的	mijikai
長い（なが）	長的	nagai
色違い（いろちが）	不同顏色	irochigai
他に（ほか）	其他	hokani
スタイル	樣式	sutairu
割引（わりびき）	打折扣	waribiki
サービス	贈送	saabisu

2. 買鞋子

きつい	緊	kitsui
ゆるい	鬆	yurui
かかと	腳跟	kakato

つま先	腳尖	tsumasaki
足裏	腳底	ashiura
痛い	疼痛	itai
銘柄	牌子	meegara
ブランド品	名牌商品	burandohin
手作り	手工製	tezukuri
日本製	日本製	nihonsee

3. 付錢

現金	現金	genkin
クレジットカード	信用卡	kurejittokaado
ドル	美金	doru
日本円	日幣	nihonen
高い	昂貴	takai
安い	便宜	yasui
まけてください	請你打折扣	makete kudasai
割引	打折扣	waribiki
税金	稅金	zeekin
含む	包含	fukumu

七、生病了

1. 說出症狀

風邪	感冒	kaze
鼻水	鼻水	hanamizu
咳	咳嗽	seki
くしゃみ	打噴嚏	kushami
頭痛	頭痛	zautsuu
ずきずきと痛む	抽痛	zukizukitoitamu
鋭い痛み	劇痛	surudoiitami
鈍痛	隱隱作痛	dontuu
しくしくと痛む	微微地抽痛	shikushikutoitamu

目眩（めまい）	目眩	memai
気分（きぶん）が悪（わる）い	身體不舒服	kibungawarui
腹痛（ふくつう）	肚子痛	fukutuu
下痢（げり）	拉肚子	geri
便秘（べんぴ）	便秘	benpi
胸痛（きょうつう）	胸口痛	kyootuu
息苦（いきぐる）しい	呼吸困難	ikigurushii
胃痛（いつう）	胃痛	ituu
吐（は）き気（け）がする	想吐	hakike ga suru
虫歯（むしば）	蛀牙	mushiba
痔（じ）	痔瘡	ji
だるい	身體沒力	darui
しびれる	發麻	shibireru
打撲（だぼく）	碰傷、跌傷	daboku
骨折（こっせつ）	骨折	kossetsu
捻挫（ねんざ）	扭傷、挫傷	nenza
やけど	燙傷	yakedo
水虫（みずむし）	香港腳	mizumushi
痒（かゆ）い	發癢	kayui

2.到藥局拿藥

処方箋（しょほうせん）	藥方	shohoosen
保険証（ほけんしょう）	保險證	hokenshoo
薬（くすり）	藥	kusuri
アレルギー	過敏	arerugii
食前（しょくぜん）	飯前	shokuzen
食後（しょくご）	飯後	shokugo
寝（ね）る前（まえ）	睡覺前	nerumae
一日一回（いちにちいっかい）	一天一次	ichinichiikkai
飲（の）む	吃（藥）	nomu

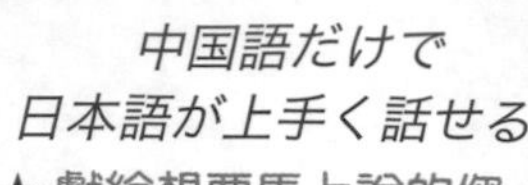

溜日語【04】

發行者——林德勝
著者——山田玲奈・賴美勝◎合著
出版發行——山田社文化事業有限公司
地址——臺北市大安區安和路一段112巷17號7樓
電話——02-2755-7622 / 02-2755-7628
傳真——02-2700-1887
劃撥帳號——19867160號 大原文化事業有限公司
總經銷——聯合發行股份有限公司
地址——新北市新店區寶橋路235巷6弄6號2樓
電話——02-2917-8022
傳真——02-2915-6275
印刷——上鎰數位科技印刷有限公司
法律顧問——林長振法律事務所 林長振律師
初版——2017年11月
1書+MP3——新台幣239元
ISBN 978-986-246-048-1

© 2017, Shan Tian She Culture Co., Ltd.
著作權所有・翻印必究

※如有破損或缺頁，請寄回本公司更換※